普羅文學理論轉換期的驍將楊逵

——1930年代台日普羅文學思潮越境交流

白春燕 著

▋推薦序

國立彰化師範大學　國文學系暨台灣文學研究所合聘

副教授　徐秀慧

　　春燕的碩士論文要出版了，這絕對是本研究台灣日據時代左翼文學思想必定要參考的著作。在此恭賀春燕的專書付梓！

　　我與春燕認識在前，後來她有意再進修碩士時，我雖鼓勵她直接報考台灣文學所，但她覺得自己的知識背景不足，不敢妄進，因而選擇了自己比較有把握的東海日文所。進入碩士班學程後，她終究無法忘情於她對台灣文學研究的熱忱，希望我給她一個研究方向，我們也因此締結了師生緣。

　　春燕從大學畢業以後，一直從事中日語文翻譯、口譯的工作。因為她在日語方面得天獨厚的優勢，我因此建議她將楊逵發表在日本文壇的文論一篇篇找出來，將這些文論的內容或引述的文獻，放到當時日本文壇的論爭脈絡中，逐一檢視楊逵對這些議題的參與及其發聲位置，從中分析楊逵的論述如何展現他對殖民地台灣普羅文學發展的思索。這其實是我長期以來希望了解，但礙於日語能力不足而望之卻步的研究議題。

　　我很高興，春燕憑著耐力與毅力，克服了她自認為對普羅文學運動歷史、理論等背景知識不足的限制。她首先追溯了受到蘇

聯普羅文藝運動思潮影響的日本文壇有關於文藝大眾化論爭的發展脈絡，並將楊逵的普羅文學論述與這場文藝大眾化論爭的內容進行了比對，從而得出楊逵普羅文學思想的內涵。接著一一考察楊逵在日本普羅文學雜誌《文學評論》、《文學案內》與藝術派雜誌《行動》上的論述，並將楊逵引用日本作家的文章一篇一篇地找出來，為我們還原了當時日本文壇論爭的議題性與發展，並進一步比對楊逵與日本文壇關於行動主義、社會現實主義的論述的淵源與差異性，以此說明楊逵身為殖民地作家，如何參與了日本文壇的論爭，將殖民地台灣普羅文學的視野帶進日本文壇，並得出楊逵不僅只是被動地接收日本普羅文學的思想，還進一步考慮到殖民地台灣的現實，得出楊逵轉化了日本普羅文學的思想，並藉此深化、推動台灣普羅文學發展的結論。

我一直視春燕為研究同好，她卻始終謹守師生禮儀。並且對於我給她的建議，總是盡最大的努力認真地蒐集資料，除了利用台灣各地圖書館有限的日文復刻雜誌，我知道她也好幾次利用到日本出差之便、甚至專程親赴日本近代文學館、神奈川近代文學館蒐集文獻史料，或是到日本舊書店翻找二手書資料，很有耐性地翻閱日本文學史料與日文期刊故紙堆，仔細閱讀爬梳文獻，逐一克服對日本、台灣普羅文學理論思潮認識有限的困難。

春燕腳踏實地的性格與做學問的功夫，使她能夠切入台灣日據時期以楊逵為中心的左翼文學思想與日本文藝大眾化論爭的關係，突破了台灣學術界現階段相關研究闕如的限制，並能夠與日本相關學者對話、抗詰。春燕從文藝大眾化論爭的脈絡，以及滿州事變後日本法西斯主義抬頭下日、台普羅文學場域的差異性，以考察楊逵的普羅文學思想對日本普羅文學思想的接收與轉化，不同於日本相關學者純粹圍繞著德永直、貴司山治為中心指出楊

達普羅文學思想的被動接收及其差異的觀點。同時，春燕在此論文中，對於前人研究文獻的回顧、引用與對話，也不僅限於台灣學界，而是盡可能地納入日本學界現有的研究成果，就此而論，我認為春燕對楊逵與日本普羅文學思想關係的考察，並由此切入對比 1930 年代日、台普羅文學思想的淵源與差異性，已達到此一研究領域前人所未迄及的高度。

在以普羅文學為志業的研究道路上，我很高興有春燕此一同好相伴，謹此以「德不孤，必有鄰」與春燕共勉！

徐秀慧　乙未初夏於台中

目次

第一章 緒論

第一節 起源

　　1930 年代是世界左翼思潮蓬勃發展的時代，普羅文學運動最初發生於俄國，隨著普羅革命運動的蔓延，迅速波及世界各國。日本在第一次世界大戰後，快速資本主義化，掀起了工人運動。隨著無產階級意識的普遍化和社會主義運動的發展，日本展開了長達十年以上的普羅文學運動。台灣文壇經由留日學生與日本文壇產生接觸，吸收到日本普羅文學思潮，並且與日本普羅文學界產生密切的交流，促成了台灣與日本在普羅文學方面的越境交流。

　　目前關於 1930 年代台日的普羅文學越境交流的論文，大都著重於考察實際交流面，較少觸及文學理論。即使關於文學理論的討論，也只是簡單比較台灣與日本在文學理論上的差異，沒有將文學理論交流放在台日普羅文學運動與文藝大眾化[1]的脈絡之下，較缺乏整體性的視野。本論文欲著重文學理論的交流，將之放在台日普羅文學運動與藝術大眾化論爭的脈絡下來進行詳細的考察。

---

[1]　在台灣的用語是「文藝大眾化」，在日本及 1930 年代當時同時使用「文藝大眾化」、「藝術大眾化」、「文學大眾化」，皆為相同之事。

列寧主張「藝術必須要讓大眾能夠了解、並且為大眾所喜愛」，文藝大眾化是普羅文藝理論中最重要的命題，在日本、中國、台灣皆曾發生藝術大眾化論爭。楊逵在 1934 年以〈送報伕〉入選東京《文學評論》[2]第二獎（第一獎從缺），成為第一位成功進軍日本文壇的台灣作家，與日本文壇有密切的交流，並且在台灣、甚至日本的文藝雜誌發表了很多文藝大眾化的理論，成為在 1930 年代台灣文壇極為重要的文學理論家。因此，以當時重要普羅文學理論家楊逵的藝術大眾化理論為主軸來探討這場越境交流，將可得到具體化的呈現。

楊逵曾說：「現在，對我台灣文壇而言，與日本文壇之間的關係要比與中國文壇來得密切。要掌握我台灣文壇，首先得認識日本文壇，為了決定我們的出路，必須關注日本文壇的動向。當然，關注日本文壇並非盲目地跟隨日本文壇」[3]。由此可以了解楊逵對於日本文壇的基本態度，也可以看出楊逵確實關注著日本文壇，但並不打算以盲從跟隨的方式來應用於台灣文壇。因此，本論文擬以楊逵的普羅文學理論做為出發點，對照日本普羅文壇的動向及文學理論發展，了解殖民地作家楊逵如何關注日本中央文壇的動向，以及如何將之轉化為適合台灣的文學理論。

---

[2]　《文學評論》1 卷 1 號~3 卷 8 號，渡邊順三編（東京：ナウカ社，1934.3~1936.8）。該雜誌在普羅作家同盟解散之後成為普羅文學的實質中心，主要成員有渡邊順三、德永直、窪川鶴次郎、川口浩、中野重治等人。

[3]　「現在、我が台湾文壇にとっては、中国文壇よりも、日本文壇との関係がより密切である。我が台湾文壇を知る為めには先づ、日本文壇を知らねばならぬ。我々の進路を定める為めには、日本文壇の動向を注視せねばならぬ。勿論、日本文壇を注視することは、日本文壇の尻馬に乗ることではない。」楊逵〈藝術是大眾的（芸術は大眾のものである）〉《台灣文藝》（1935 年 2 月號）。引自 彭小妍編《楊逵全集》9 卷（台南：文化保存籌備處，2001），頁 133。本論文在引用楊逵的論述時，皆引自日文版本，並將日文翻譯成中文，因此有時會與《楊逵全集》的中文翻譯文有所出入，特此說明。

第二節　文獻回顧

　　本論文欲以楊逵的普羅文學理論為出發點，探討楊逵在 1930 年代台日普羅文學越境交流進行的吸收與轉化，在此針對「台日普羅文學交流」、「普羅文學理論」、「楊逵」三方面進行先行研究回顧。

　　關於 1930 年代台灣普羅文學的研究，以陳芳明（1989）[4]首開先河，闡述日據時代台灣普羅文學背景，指出日據時期的台灣社會受到來自於台灣傳統地主、日本資本家和統治者的多重壓迫。黃琪椿（1994）[5]從俄國、日本、中國普羅文學運動切入，探討社會主義運動與台灣普羅文學的關係。施淑（1997）[6]從《台灣民報》[7]譯介及刊載的日本及中國的文章來探討日本及中國的普羅文學理論傳播到台灣的途徑，並且從 1930 年代相繼創刊的文藝雜誌如《南音》、《福爾摩沙》、《先發部隊》、《台灣文藝》、《台灣新文學》來探討日據時代台灣普羅文學理論的發展情形，以及台日普羅文學交流，指出台灣普羅文學理論的某些觀點源自於日本、中國及俄國。

---

[4]　陳芳明〈先人之血，土地之花──日據時期台灣左翼文學的背景〉台灣文學研究會編《先人之血・土地之花》（台北：前衛，1989）。

[5]　黃琪椿《日治時期台灣新文學運動與社會主義思潮之關係初探（1927~1937）》（新竹：清華大學文學所碩士論文，1994）。

[6]　施淑〈書齋、城市與鄉村──日據時代的左翼文學運動及小說中的左翼知識分子〉《兩岸文學論集》（台北：新地，1997.6）。

[7]　台灣民報：日治時期唯一由台人發行且代表台灣人立場的報刊。1923 年 4 月 15 日刊行，1929 年 3 月 29 日改名《台灣新民報》。〔執筆者：蔡錦堂〕；《台灣新民報》是一個統稱，泛指自 1920 年 7 月開始，在日本東京創刊的《台灣青年》，以及其後先後易名的《台灣》（1922-1924 年）、《台灣民報》（1923-1930 年）、《台灣新民報》（1930-1941 年）、《興南新聞》（1941-1944 年）等延續性媒體，發行期間總計歷時 24 年。出處：文建會《台灣大百科全書》（http://taiwanpedia.culture.tw），2010.21.24 查閱。〔執筆者：林淇瀁〕

崔末順（2005）在上述施淑、陳芳明、黃琪椿的研究基礎之上，對台灣普羅文學運動的形成和發展過程做了全面性的觀照，完整地呈現台灣普羅文學運動的全貌。其中詳述1933年成立的「台灣文藝協會」機關誌《先發部隊》和《第一線》裡刊載的文藝理論，指出「台灣文藝協會在重視更正式的階級文藝運動的同時，對於文學的藝術性也頗為注意」，「主張作品中應安排能批判現實而且有能力變革現實的人物；這是社會主義現實主義的一個敘事手法」[8]，提醒筆者應從《先發部隊》和《第一線》來考察俄國的社會主義現實主義在1930年代台灣普羅文壇傳播的情形。陳有財（2008）從作家作品考察台灣普羅文學的發展狀況，以「較為寬鬆的角度來看待台灣的左翼文學發展」[9]，使其討論範圍涵蓋了整個日據時期的台灣新文學，超出本論文欲考察的普羅文學範圍。

　　上述1930年代台灣普羅文學方面的研究當中，以宏觀的視野來進行探討的研究者有黃琪椿和施淑。黃琪椿著重於探討社會主義運動與台灣普羅文學的關係，施淑以普羅文學理論為切入點進行析論。施淑這種以「宏觀的視野」、沿著「普羅文學理論」來考察「台日普羅文學交流」，是筆者欲追隨的研究方向，本論文將沿襲施淑的方向從事進一步的考察。

　　在台日普羅文學交流研究方面，柳書琴（2001）考察謝春木、王白淵、吳坤煌等《福爾摩沙》系統作家從1920年代至戰後初期的精神系譜。其中第三節「台灣文學的邊緣戰鬥：跨域左翼文學運動中的旅日作家」，完整闡述文聯東京支部[10]、日本左翼詩壇劇

---

[8]　崔末順〈日據時期台灣左翼文學運動的形成與發展〉《台灣文學學報》第7期（台北：政治大學台文系，2005.12），頁168。

[9]　陳有財《日治時期台灣文學左翼系譜之考察》（嘉義：中正大學台文所碩士論文，2008.7），頁105。

[10]　文聯東京支部是台灣文藝聯盟（簡稱文聯）與台灣藝術研究會合作成立的支部。文

團以及台灣島內文壇之間逐次形成的、帶有左翼性質的跨域文學交流網絡，有助於本研究深入了解 1930 年代《福爾摩沙》系統作家的越境交流。在這篇以《福爾摩沙》系統作家為考察對象的論文裡，附帶說明了「台中日左翼文學者、文化人的跨域交流，也是 1935 年 11 月創刊的《台灣新文學》的重點經營之一。左翼旗手楊逵在《台灣文藝》跨域交流的基礎上，與日本左翼文士進行的互動毫不遜色」[11]，讓本論文有更充分的理由以楊逵為出發點來考察台日左翼文學的跨域交流。

　　徐秀慧（2010）從日、中、台各地都曾發生的文藝大眾化論述作為切入點，研究普羅文藝理念在日、中、台旅行和各地普羅文化發展的關係，文中指出日本與中國對於無產階級文學的討論較為具體化，而台灣因殖民地受限，有關文學大眾化要解決的無產階級文學的創作問題欠缺具體的討論，卻也因此跳脫黨的文藝教條主義的侷限[12]。

　　賴松輝（2010）從馬克斯的唯物史觀[13]探討台灣 1930 年代初

聯成立於 1934 年 5 月 6 日，是日治時期台灣人全島性的文藝組織。文聯與台灣藝術研究會合作，於 1935 年 1 月成立文聯東京支部。出處：文建會《台灣大百科全書》（http://taiwanpedia.culture.tw），2011.1.3 查閱。〔執筆者：李貞蓉〕

[11] 柳書琴《荊棘之道：旅日青年的文學活動與文化抗爭》（新竹：清華大學中文系博士論文，2001）。引自 柳書琴《荊棘之道：台灣旅日青年的文學活動與文化抗爭》（台北：聯經，2009.5），頁 326。

[12] 徐秀慧〈無產階級文學的理論旅行（1925-1937）──以日本、中國大陸與台灣「文藝大眾化」的論述為例〉澳門大學、澳門基金會、與中國社科院主辦「近代公共媒體與澳港台文學經驗」國際學術研討會（澳門：澳門大學，2010.4.26-29），頁 17。

[13] 唯物史觀：馬克斯的歷史觀。其立場是，歷史發展的原動力在於，社會生產中的物質生產力、以及與其相對應的生產關係所形成的社會經濟結構。在其之上有政治、法律、宗教、哲學、藝術等的制度和社會意識形態，形成了上層結構。這種生產關係對生產力的發展而言是一種束縛，會因新的、更高度的生產關係而改變。「マルクス主義の歴史観。歴史の発展の原動力は、社会的生産における物質的生産力とそれに照応する生産関係とからなる社会の経済的構造にあるとする立場。その上に政治・法律・宗教・哲学・芸術などの制度や社会の意識形態が上部構造として形成され、やがてその生産関係は生産力の発展にとって桎梏（しっこく）（束縛するもの）となり、新しい、より高度の生産関係に変わるとされる。唯物史観。」

期的普羅文藝理論，指出當時普羅文學強調「文學是階級的武器」和「唯物史觀文藝論」[14]，但不重視創作手法，即使後來的賴明弘、廖毓文主張的普羅文藝也只強調意識形態、思想、世界觀，完全不理會寫實手法。直到 1930 年代中期，楊逵及劉捷的文學理論才開始將寫實主義納入理論之中。賴松輝認為 1930 年代初期的普羅文學理論在「篇章數量、內容深度都有所不足」，但日後普羅文學理論的深入發展乃奠基於這些理論之上，功不可沒[15]。

　　1930 年代的普羅文學理論家雖有劉捷、楊逵、張深切、賴明弘、吳坤煌、廖毓文等人，但由賴松輝（2010）的研究可知，只有劉捷和楊逵兩人提出較深入的文學理論。在劉捷研究方面，許倍榕（2006）是第一本以劉捷為研究對象的學位論文，接在其後的是李貞蓉（2007）[16]。許倍榕考察劉捷的文學理論，認為「劉捷的評論特色是好旁徵博引、對流行思潮的捕捉相當迅速，但有文勝於質的傾向」，而且其論述當中始終存在著啟蒙文化立場與左翼階級立場的差異和衝突，故不同意將劉捷的文化立場歸於左派[17]。李貞蓉認為許倍榕只考察劉捷在 1930 年代的文學理論，不能全面觀照劉捷所有文學活動，故以劉捷一生中結集出版的三本書考察劉捷的思想、文學角度及人生觀，主張劉捷具有「文化人」形象，並且肯定劉捷對台灣文學的貢獻。不過，李貞蓉欲跳脫「左翼」

出處：大辭泉（http://dic.yahoo.co.jp），2011.1.4 查閱。
[14] 「所謂「唯物史觀」文藝論以馬克斯的「唯物史觀」為根本，將文藝當作表現意識形態的形式之一，並強調「階級鬥爭」是文藝思潮演進的主要動力。」賴松輝〈論台灣 1930 年代初期的普羅文藝理論〉《台灣文學評論》10 卷 2 期（台南：台南市立圖書館，2010.4），頁 65。
[15] 賴松輝〈論台灣 1930 年代初期的普羅文藝理論〉《台灣文學評論》10 卷 2 期（台南：台南市立圖書館，2010.4），頁 74~75。
[16] 李貞蓉《劉捷及其作品研究》（桃園：中央大學中文所碩士論文，2007.6）。
[17] 許倍榕《30 年代啟蒙「左翼」論述——以劉捷為觀察對象》（台南：成功大學台文所碩士論文，2006），頁 127。

或「社會寫實主義」的框架來論述劉捷，故沒有處理劉捷在 1930 年代的文學理論。從許倍榕的研究得知，劉捷的評論文章因使用了大量的左翼言詞而被視為普羅評論家，但這不過是善於捕捉當時流行的普羅思潮來做為旁徵博引的材料罷了，算不得真正的普羅文學理論家，這也是本研究不擬以劉捷做為研究對象的理由。

在楊逵研究方面，張季琳（2001）[18]考察楊逵的生平史，對於楊逵在公學校時的老師沼川定雄、以及楊逵在台灣的友人入田春彥做了深入的田野調查，並且從楊逵創設的《台灣新文學》與《文學評論》、《文學案內》[19]、《日本學藝新聞》等日本報刊雜誌之間互相刊載的文章及廣告，對楊逵與日本文壇的交流做了詳細的考察。但是張季琳對於楊逵的文學觀及藝術觀只做了概略的整理，這卻是筆者想要更深入的部分。

黃惠禎（2005）[20]廣泛整理 1970 年以來楊逵相關研究，主要從年表、著作目錄、傳記、文學意涵詮釋、個別作品分析、人際網絡、文學理論批評、挪用西洋文學論述分析等面向做了詳細的考察。由此文可知，學界對於楊逵的生平、作品、文學內涵方面的研究已累積豐碩研究成果。在黃惠禎（2005）之後出現的楊逵研究有，李昀陽（2005）[21]的戰後文學思想分析、陳映真（2007）[22]的楊逵新出土佚文刊載、鄧慧恩（2009）[23]的譯介研究、以及徐

---

[18] 張季琳《台湾プロレタリア文学の誕生~楊逵「大日本帝國」~》（東京：日本東京大學大學院人文社會系研究科博士論文，2001.7）。

[19] 《文學案內》1 卷 1 號~3 卷 4 號，丸山義二編（東京：文学案內社，1935.7~1937.4）。

[20] 黃惠禎《左翼批判精神的鍛接：四〇年代楊逵文學與思想的歷史研究》（台北：政治大學中文系博士論文，2005.7）。引自 黃惠禎《左翼批判精神的鍛接：四〇年代楊逵文學與思想的歷史研究》（台北：秀威資訊科技，2009）。

[21] 李昀陽《文學行動、左翼台灣—戰後初期（1945-1949）楊逵文學論述及其思想研究》（台中：靜宜大學中文所碩士論文，2005）。

[22] 陳映真編《學習楊逵精神》（台北：人間，2007.6）。

[23] 鄧慧恩《日治時期外來思潮的譯介研究：以賴和、楊逵、張我軍為中心》（台南：成功大學台灣文學所博士論文，2009.12）。

俊益（2005）²⁴、陳明姿（2007）²⁵、張劍（2008）²⁶、郭勝宗（2009）²⁷的小說文本分析等等。

　　關於楊逵文學理論批評研究，黃惠禎指出，要等到 2001 年 12 月《楊逵全集》十四冊全數出版完畢之後才陸續出現。《楊逵全集》蒐羅了豐富的楊逵文學評論，為楊逵研究開發出全新的面向。在 2004 年楊逵國際學術研討會，同時出現四篇與楊逵文學理論相關的研究論文，作者分別是魏貽君、陳培豐、林淇瀁（向陽）、陳建忠²⁸，為台灣文學理論批評史的建構做出了不小的貢獻。由此可知，文學理論研究在楊逵研究中是一個新面向，以 2001 年出版《楊逵全集》為契機，於 2004 年開始出現相關研究。繼上述四篇論文之後出現的楊逵文學評論研究有，垂水千惠（2004；2005；2006；2009.3；2009.10）²⁹、趙勳達（2006；2009）³⁰、樊洛平（2010）³¹

24　徐俊益《楊逵普羅小說研究─以日據時期為範疇（1927-1945）》（台中：靜宜大學中文所碩士論文，2005.7）。
25　陳明姿〈楊逵の文学作品における日本文学の受容と変容──「新聞配達夫」を中心として──〉《台大日本語文研究》14 期（台北：台灣大學日本語文學系，2007.12）。
26　張劍〈論楊逵小說的現實主義及其藝術特徵〉《世界華文文學論壇》2008 卷 4 期（中央研究院中國文哲研究所，2008.12）。
27　郭勝宗《楊逵小說作品研究》（彰化：彰化師範大學國文系碩士論文，2009）。
28　魏貽君〈日治時期楊逵的文學批評理論初探〉、陳培豐〈大眾的爭奪：「送報伕」‧「國王」‧「水滸傳」〉、林淇瀁（向陽）〈擊向左外野──論日治時期楊逵的報導文學理論與實踐〉、陳建忠〈行動主義、左翼美學與台灣性：戰後初期（1945~1949）楊逵的文學論述〉。
29　垂水千惠〈台灣新文學中的日本普羅文學理論受容：從藝術大眾化到社會主義 realism〉《正典的生成：台灣文學國際研討會論文集》（台北：中央研究院中國文哲研究所，2004.7）；〈楊逵所受之左翼思想及其主體性──自社會主義 realism 至普羅大眾文學的回溯〉《第四屆台灣文化國際學術研討會論文集：台灣思想與台灣主體性》（台北：台灣師大台灣文化及語言文學所，2005.10）；〈為了台灣普羅大眾文學的確立──楊逵的一個嘗試〉柳書琴、邱貴芬編《後殖民的東亞在地化思考：台灣文學場域》（台南：國家台灣文學館籌備處，2006）；〈中西伊之助と楊逵──日本人作家が植民地台湾で見たもの〉《国際日本学入門─トランスナショナルへの 12 章》（横浜：横浜国立大学留学生センター，2009.3）；〈台湾人プロレタリア作家楊逵の抱える矛盾と葛藤について〉大島圭一郎編《国文学　日本語‧日本文学‧日本文化──解釈と教材の研究》54 巻 1 号（東京：学燈社，2009.10）。
30　趙勳達《《台灣新文學》（1935~1937）定位及其抵殖民精神研究》（台南：台南市立圖書館，2006.12）；趙勳達《文藝大眾化的三線糾葛：一九三〇年代左、右翼知識

等等。

魏貽君（2004）將楊逵作品中對於「文學」及「文學批評」的辯證定義做了整理及條列，有助於研究者進入楊逵的文學理念。林淇瀁（2004）以楊逵為對象比較台灣與大陸的報導文學的差異：台灣的溫和、大陸的激進。該文的結論是，台灣的報導文學顯然不是受大陸影響，應是受日本影響。不過此文並沒有具體指出如何受到日本啟發或影響。趙勳達（2006）是第一本以楊逵創設的《台灣新文學》雜誌為研究對象的學位論文，以楊逵及張深切的文學理論來分析兩人之間的「宗派化」論爭，其中對於楊逵的文學理論有細緻的分析。樊洛平（2010）將楊逵的現實主義文學演變過程分為「寫實主義──真實的寫實主義──糞便現實主義──理想的現實主義」，並指出日本普羅文士直接或間接地影響楊逵的現實主義文學理論，但並沒有進一步解釋這些演變過程的差異及影響。筆者則欲進一步關注日本普羅文學家的觀點與楊逵現實主義理論之間的異同及關連性。

垂水千惠（2004）從德永直與台灣文學的關係出發，考察其與台灣新文學之間的關係。其中詳細介紹日本左翼雜誌《文學評論》及編輯德永直，對於了解《文學評論》雜誌極有助益。然而，垂水在考察楊逵對於「日本普羅文學理論受容」時，只提到了《文學評論》雜誌，而沒有提到《文學案內》雜誌。《文學案內》（1935.7~1937.4）是以貴司山治為中心、集結舊普羅作家所創立，在《文學評論》（1934.3~1936.8）與《人民文庫》（1936.3~1938.1）

份子與新傳統主義者的文化思維及其角力》（台南：成功大學台文所博士論文，2009.6）。

[31] 樊洛平〈寫實的、大眾的、草根的文學追求──也談楊逵對文學理論建設的自覺意識〉《語文知識》第 2 期（鄭州：鄭州大學文學院，2010.3）。

之間的時期，以優越的策略吸引了眾多讀者[32]。若考慮到垂水只想將範圍侷限在楊逵與《文學評論》及主要編輯德永直的關係上，或許可以了解她只限定在《文學評論》的理由。不過，雖然《文學案內》主要編輯是貴司山治，但是直到二卷九號（1936 年 9 月號）為止，德永直一直都是《文學案內》的編輯顧問，並且經常在《文學案內》上發表文章[33]。即使想單純考察楊逵與德永直的關係，將《文學案內》一併納入的話，更能得到全面性的考察。而且，從楊逵發表的諸多評論及雜文中，可以看出楊逵與《文學案內》及編輯貴司山治有深刻的交流。筆者認為在考察楊逵與日本普羅文壇的交流時，《文學案內》是必要不可遺漏的雜誌。

　　垂水千惠（2005）開始考察楊逵與《文學案內》及貴司山治的關係，算是接在上一篇之後，對楊逵的日本文壇交流做持續的關注。文中分為三個部分，一、《文學案內》是何物，二、貴司山治在普羅文壇的位置，三、楊逵對社會主義現實主義的接近與背離。第一、二章對《文學案內》及貴司山治做了詳細介紹，為台灣文學研究者提供了寶貴資料。第三章從楊逵的評論找出楊逵接近與背離社會主義現實主義的經過與原因。垂水認為，楊逵在1935 年 6 月發表的〈新文學管見〉中，對社會主義現實主義表示了懷疑的見解，認為參與以《文學評論》為主的社會主義現實主義論爭的作家們所論說的社會主義現實主義「在預防非普羅要素上都不充分，因此是不正確的」，以此視為楊逵對於社會主義現實主義的「背離」。筆者實際查閱〈新文學管見〉提及的「以《文學

---

[32] 惡麗之介〈一九三五年前後の創刊誌一覽一読〉長谷川啟編『「転向」の明暗—「昭和十年前後」の文学』（文学史を読みかえる）③（東京：インパクト出版会，2000.8）。

[33] 在德永直因反對「文学評論の宗派主義的傾向」論文而退出顧問一職，中野重治也退出社友身份之後，《文學案內》重新招募四名編輯顧問。〈編輯室レポ〉《文學案內》（1936 年 10 月號）、頁 200。

評論》為主的這個討論」，發現這是一場關於社會主義現實主義「名稱」的論爭。從 1935 年 1 月開始，以久保榮、中野重治、森山啟等人為首，展開了一場關於「社會主義的寫實主義」（即「社會主義現實主義」）該用何種名稱的論爭。彼此對於「現實主義」前面是要加上「社會主義」、還是「無產階級」、或「否定的」、或「革命的」的問題，在意見上有所分歧。楊逵反對的是「語病上的攻擊和言詞解釋上的爭論」，而不是社會主義現實主義的「理論」，因此不應將之視為楊逵對「社會主義現實主義」的「背離」。

垂水千惠（2006）重申楊逵對社會主義現實主義的「接近」與「背離」：楊逵因德永直而「接近」社會主義現實主義，後來又因批判社會主義現實主義論爭而「背離」了社會主義現實主義。接著又提到，楊逵批判《文學評論》糾纏於「吹毛求疵和有關詞語解釋的爭論」，並以批判社會主義現實主義論爭為契機，與《文學評論》拉開距離，將方向轉往對於文學大眾化提出更具體設想的貴司山治。垂水將楊逵對社會主義現實主義「論爭」的批判，視為對社會主義現實主義「理論」的背離，又將對社會主義現實主義的接近與背離對置於對《文學評論》的接近與背離。這種將兩個不同性質之物（「論爭」和「理論」、「社會主義現實主義」和《文學評論》）的比較方式，易使讀者在閱讀理解上造成混亂。

垂水千惠以其日文母語者及地緣上的優勢，提供了以《文學評論》及《文學案內》為首的很多寶貴資料，功不可沒，這也提醒筆者應回溯到日文原典來進行整體審視。因此，本論文擬在其對《文學評論》及《文學案內》的考察基礎之上，從兩本雜誌刊載的文章做深入的考察，並且輔以當時的文學論爭及文學思潮來考察楊逵對日本普羅文學的接收及轉化。

第三節　研究方法

　　普羅文學從俄國展開之後，向日本、中國及台灣傳播，本研究只討論日本和台灣的普羅文學交流，但仍必須放在俄、日、中、台的脈絡之下來考察。因此在具體研究方法上，首要之務是將俄、日、中、台的普羅文學運動脈絡整理清楚，以做為研究的背景。

　　為了對於楊逵與日本文壇的普羅文學理論進行比較，首先列出楊逵文學理論裡引用或提過的日文文獻，透過日本國會圖書館、日本近代文學館、神奈川近代文學館的館藏、文學雜誌復刻版或二手舊書等方式取得。接著，在日本普羅文學運動與文藝大眾化論爭的脈絡之下，以社會主義現實主義、行動主義等思潮的發生時間及當時的文學背景為切入點，比對楊逵文學理論和日本文壇的異同，考察楊逵如何對於日本普羅文學理論進行應用或轉化，探討這場越境交流所帶來的意義。

▌第二章 楊逵與文藝大眾化論述

　　本論文的目的是探討楊逵對於日本普羅文學理論的吸收與轉化，因此必須盡量以楊逵關注日本文壇動向的視野來觀看日本文壇，有必要了解 1930 年代日本文壇的動態。本章首先考察日本四次文藝大眾化論爭，指出貴司山治提倡的普羅大眾文學論的內涵及意義，以及德永直對於社會主義現實主義的吸引與轉化。接著，將楊逵的文藝大眾化論述置於日本文壇的脈絡中，從楊逵與日本文壇互動情況考察其吸收與轉化。

第一節　日本文藝大眾化論述

　　普羅文學最重要的課題是如何讓無產文藝作品獲得大眾的理解和喜愛、並且普及，這就是「文藝大眾化」。當「納普」（全日本無產者藝術連盟）[1] 及其所屬的日本普羅作家同盟（以下簡稱「作家同盟」）[2] 分別在 1928 年 4 月及 1929 年 2 月成立時，便將文藝

---

[1]　納普（ナップ）：NAPF（Nippona Artista Proleta Federacio）〔世界語〕全日本無產者藝術連盟及改組後的全日本無產者藝術團體協議會的簡稱。「NAPF（Nippona Artista Proleta Federacio）〔エスペラント〕全日本無産者芸術連盟および改組後の全日本無産者芸術団体協議会の略称。」出處：小學館《日本大百科全書》（http://100.yahoo.co.jp），2010.12.21 查閱。〔執筆者：高橋春雄〕

[2]　日本普羅作家同盟（日本プロレタリア作家同盟）：文學團體。從「納普」文學部獨立出來，成為全日本無產者藝術團體協議會的下部團體，1929 年 2 月創立。簡稱

大眾化視為其運動的中心任務之一。日本普羅文士對於文藝大眾
化問題發生了論爭，狹義的論爭意指 1928 年 6 月到 11 月以《戰
旗》為舞台、以藏原惟人和中野重治中心所展開的論爭。但是依
據貴司山治的說法，1930 年代的日本普羅文壇共發生了四次文藝
大眾化論爭：

> 最初問題起於藏原（惟人）、中野（重治）、鹿地（亘）等人
> 於一九二八年的論爭。第二次是在一九三〇年，這是我們一
> 些人也參與其中的論爭──在這個時候，『關於藝術大眾化
> 之決議』已經誕生。／應可被視為第三次論爭的是從一九三
> 一年開始歷時兩年、以德永君的論文『普羅文學的一個方向』
> 為中心所進行的論爭。／現在則算是第四次。／就時間而
> 言，約有十年之久。／這個問題之所以在這麼長的時間被重
> 複討論，簡而言之，就是問題一直沒有得到解決。[3]

作家同盟，1932 年 2 月加盟國際革命作家同盟之後，稱為 NALP（納爾普）。是支
持非法日本共產黨的文藝團體中最有組織性、最活躍的團體，透過評論、創作、運
動提出「革命與文學統一」的問題，為文學界及思想界帶來衝擊。主要成員有藏原
惟人、小林多喜二、中野重治、中條（宮本）百合子。在加盟「克普」（日本普羅
文化連盟）之後，刊行機關誌《普羅文學》（1932.1~1933.10），但由於激烈的鎮壓、
盟員轉向及敗北的潮流，在 1934 年 2 月解散。「文学団体。ナップ文学部が全日本
無産者芸術団体協議会の傘下団体として独立し、1929 年（昭和 4）2 月創立。略
称は作同、32 年 2 月国際革命作家同盟加盟以後は NALP（ナルプ）。非合法の日
本共産党を支持する文化・芸術団体のうちもっとも有力な組織として活躍し、評
論、実作、運動の諸分野を通して革命と文学の統一という問題を提起し、文学界、
思想界に衝撃を与えた。中心メンバーには藏原惟人（これひと）、小林多喜二（た
きじ）、中野重治（しげはる）、中条（宮本）百合子（ゆりこ）らがいる。コップ
（日本プロレタリア文化連盟）に加盟以後、機関誌『プロレタリア文学』
（1932.1~1933.10）を刊行したが、激しい弾圧と加盟員の転向や敗北の潮流を阻
止できず、34 年 2 月解散。」出處：小學館《日本大百科全書》(http://100.yahoo.co.jp)，
2010.12.21 查閱。〔執筆者：祖父江昭二〕

[3] 「最初の問題の提起は藏原、中野、鹿地等による一九二七年の論戦、第二回が一
九三〇年に、僕などが参加しての論戦──この時は「文学大衆化に關する決議」
が生み出された。／第三回目と目されうるのが一九三一年から二年へかけての德
永君の論文「プロレタリア文学の一方向」を中心としての論戦。／今度は第四回

貴司山治在 1929 年 2 月加入作家同盟之後開始主張普羅文學應該
大眾化，他的作品和理論因此受到議論，在第二、三、四次論爭
當中都成為被批判的主角，主要原因在於他提倡的「普羅大眾文
學」（プロレタリア大眾文學）論。本節欲藉由審視這四場論爭
來關注普羅大眾文學論引發的爭論，釐清 1930 年代日本普羅文壇
在文藝大眾化方面的論述。

一、文藝大眾化論爭

（一）第一次論爭

　　這場論爭的開端是以蘇聯為基礎的「共產國際」組織針對日
本共產黨的任務所決定的〈二十七年綱領（二七テーゼ）〉《文藝
戰線》（1927 年 10 月號）（藏原惟人譯）中對於福本主義的批判和
大眾化的要求。最早對此綱領要求的大眾化做出反應的是藏原惟
人。他在《前衛》1928 年 1 月號發表的〈無產階級藝術運動的新
階段－前往藝術大眾化與全左翼藝術家的統一戰線（無産階級芸
術運動の新段階－芸術の大眾化と全左翼芸術家の統一戦線
へ）〉，主張「我們無產階級藝術運動在跨出這個新階段的第一步
所面臨到的第一個重要任務，就是毫不留情地對過去的藝術作品
進行自我批判，這個口號非得是『接近大眾！』不可」[4]。這個結

目にあたる。／時間的にいへば前後約十年に亘っている。／何故この問題がこう
いふ風に長年月に亘って何回でもくり返されるのか？一と口にいへば問題が一
向解決されておらぬからである。」貴司山治〈文學大眾化問題的再三提起（一）
反駁德永君的兩三個見解（文学大眾化問題の再三提起（一）德永君の二三の見解
を駁す）〉《文學評論》2 卷 9 号（東京：ナウカ社，1935.8），頁 34。原文「一九
二七年」有誤，應為「一九二八年」；原文「關於文學大眾化之決議」有誤，應為
「關於藝術大眾化之決議」。

[4]　「わが無産階級芸術運動がその新段階への第一歩において直面しているところ
の第一の重要なる任務は、過去の芸術作品行動の容赦なき自己批判であり、その

論直接回應了〈二十七年綱領〉的要求，同時也將黨的大眾化路線轉移到文學運動上。

日本普羅文學運動組織歷經多次的分裂，終於在 1928 年 4 月由「普羅藝」（日本普羅藝術聯盟）與「前藝」（前衛藝術家同盟）合組為納普。從納普機關誌《戰旗》創刊號開始，〈二十七年綱領〉的指示延伸而來的大眾化問題開始被討論了起來。中野重治以〈論所謂藝術大眾化的錯誤（いはゆる芸術の大眾化論の誤りについて）〉《戰旗》（1928 年 6 月號）引發爭端，藏原惟人則以〈藝術運動面臨的緊急問題（芸術運動当面の緊急問題）〉《戰旗》（1928 年 8 月號）予以回應。

中野反對為了大眾化而追求通俗性，認為只要客觀地描寫大眾的生活，就可以馬上獲得大眾化的藝術，強調「大眾追求的是藝術中的藝術，諸王中的王」[5]。藏原則將之視為「不過是純粹的理想論、觀念論罷了」[6]。再者，針對中野的一元論（沒有區分大眾的藝術和高級的藝術），藏原惟人主張將普羅藝術運動分為「確立普羅藝術的運動」和「利用藝術形式來直接鼓動普羅大眾的運動」，並且為後者提出「創辦大眾化的插畫雜誌」的方案[7]。這場論

スローガンは「大眾に近づけ！」というのでなければならない。」藏原惟人〈無產階級藝術運動的新階段－前往藝術大眾化與全左翼藝術家的統一戰線（無產階級芸術運動の新段階－芸術の大眾化と全左翼芸術家の統一戰線へ）〉（《前衛》1928年 1 月號）。引自《日本プロレタリア文学評論集》4，頁 88。

[5]「大眾の求めているのは芸術の芸術、諸王の王なのだ。」中野重治〈論所謂藝術大眾化的錯誤（いはゆる芸術の大眾化論の誤りについて）〉《戰旗》（1928 年 6 月號）。引自《日本プロレタリア文学評論集》6，頁 15。

[6]「純然たる理想論、觀念論でしかない。」藏原惟人〈藝術運動面臨的緊急問題（芸術運動当面の緊急問題）〉《戰旗》（1928 年 8 月號）。引自《日本プロレタリア文学評論集》4，頁 136。

[7]「プロレタリア芸術確立のための運動と芸術形式を利用しての大眾の直接的アジ・プロ」「大眾的絵入り雑誌の創刊」藏原惟人〈藝術運動中的「左翼」清算主義──針對中野及鹿地兩位的無產階級運動主張再次提出看法（芸術運動における「左翼」清算主義──再びプロレタリア芸術運動に対する中野・鹿地兩君の所論

爭的結果是，中野重治發表〈已解決的問題和新的工作〉《戰旗》
（1928 年 11 月號），承認他「過去的論點存在著很多謬誤」[8]，讓
這場論爭就此打住。

　　根據栗原幸夫的研究可知，這場論爭的主角中野重治和藏原
惟人各自為納普合組之前的「普羅藝」和「前藝」的指導者，「普
羅藝」和「前藝」原本在藝術理論上就有所對立，即使在合組納
普之後，這個對立並沒有因此消除。這場論爭可以說是中野重治、
藏原惟人、「普羅藝」、「前藝」這四個元素糾纏而成。在論爭的
最後，中野重治突然以承認錯誤的方式來結束論爭，是因為中野
的心境是「歷經多次分裂的藝術運動的組織，終於整合成納普，
而且他們都支持日本共產黨，具有相同的政治理念，不應因藝術
觀的差異而產生對立、甚至分裂」[9]，因此中野選擇向代表納普綱
領的藏原妥協，結束了這場論爭。但是即便中野聲稱問題已經解
決，如同貴司山治所說的「問題一直沒有得到解決」，之後接二
連三地再次出現了文藝大眾化論爭。

（二）第二次論爭

　　第二次論爭發生於 1929 年至 1930 年之間，一方是提倡普羅
大眾文學的貴司山治，另一方是主張文藝運動「布爾什維克化（共

について）〉《戰旗》（1928 年 10 月號）。引自《日本プロレタリア文学評論集》4，
頁 147、156。

[8]　「私の従来の議論のなかに含まれていた多くの誤謬をここに認める」中野重治
〈已解決的問題和新的工作（解決された問題と新しい仕事）〉《戰旗》（1928 年 11
月號）。引自《日本プロレタリア文学評論集》6，頁 60。

[9]　「プロ芸指導者・中野重治と前芸指導者・藏原惟人の四つに組んだ論争」「それ
はあれほど分裂に分裂を重ねた芸術運動の組織が、やっとナップというかたちで
まとまったのだ、しかも日本共産党を支持するという共通の政治的信念をもった
者の間で、何で芸術観の違いぐらいで対立し分裂することがあろう……とでも表
現されるような心情であっただろう。」栗原幸夫《プロレタリア文学とその時代》
（東京：平凡社，1978.1），頁 62, 80。

產主義化）」[10]的藏原惟人及作家同盟委員們。

在四次論爭當中，貴司山治成為論爭主角的次數有三次之多。在第一次論爭發生時，貴司尚未加入普羅文學陣營，而當貴司在作家同盟於 1929 年 2 月 10 日創立之際加入之後，其朝日新聞記者、大眾文學作家的身分、及其提倡的普羅大眾文學不斷受到議論和批評。貴司自述：「如同尾崎秀樹所寫的『在普羅文學大眾化的問題上，貴司山治不斷地被列於被告席』，我在 1928、29、30 年間，一直都是一個人站在被告席上」[11]。由此可知，在這些論爭裡，貴司的主張無疑是相當受爭議的。

貴司山治在 1926 年獲選朝日新聞的懸賞小說，並於 1927 年 10 月開始擔任朝日新聞記者。一般對於貴司的文學功績評價為「在知識階級主導的日本普羅文學運動之中，果敢地將被揶揄為通俗小說、大眾小說的流行文化的手法導入並反映於普羅文學裡」[12]。

根據和田崇的研究，貴司為了與普羅文學運動產生直接連結而實際從事創作。其創作之一是從 1928 年 8 月到翌年 4 月 26 日在《東京每夕新聞》連載的〈停止、前進（止まれ、進め）〉。

---

[10] 布爾什維克：蘇聯共產黨建黨初期黨內的一個派別。「多數派」的音譯。從 1903 年以來，布爾什維克成為馬克斯主義者的稱號，布爾什維克的理論和策略亦稱為布爾什維主義。1917 年十月革命勝利後，各國共產黨都以俄共為榜樣，布爾什維克成為真正的共產黨人同義語。出處：《中國大百科全書智慧藏》（http://db2.library.ntpu.edu.tw/cpedia），2010.12.21 查閱。〔執筆者：高放〕

[11] 「「プロレタリア文学大衆化の問題では、貴司山治はたえず被告席に立たされていた──」と尾崎秀樹が書いたように、私は昭和三、四、五年の間、全くたった一人で被告席に立っていた。」貴司山治遺稿〈我的文學史（私の文学史）〉「貴司山治資料館」（http://www1.parkcity.ne.jp/k-ito/）。2012.04.20 查閱。

[12] 「1926 年に応募していた朝日新聞の懸賞小説に当選したことを翌年の 27 年 10 月 7 日に朝日新聞記者より知らされる。……一般に貴司の文学的業績として評価されてきたのは、知識階級によって先導された日本プロレタリア文学運動のなかにあたって、通俗小説、大衆小説と揶揄されたポピュラー・カルチャーの方法を果敢にプロレタリア文学に導入、反映させた手腕にあった。」中川成美〈文学者・貴司山治とプロレタリア文学〉貴司山治研究会編《貴司山治研究 〈「貴司山治全日記 DVD 版」別冊〉》（東京：不二出版，2011.1），頁 10。

這篇小說後來改題為〈GO・STOP（ゴー・ストップ）〉，由中央公論社於 1930 年 4 月發行。另一創作是〈舞會事件（舞踏会事件）〉[13]。〈舞會事件〉在柳瀨正夢的介紹下，從 1928 年 11 月 15 日到 12 月 20 日於共產黨機關誌《無產者新聞》連載，這部作品使得貴司開始受到普羅文學陣營的重視。原本一直在講談社的娛樂雜誌或商業雜誌發表大眾小說的貴司山治，突然在日本共產黨合法的機關誌《無產者新聞》發表小說之舉，被當時新進的左翼作家林房雄、及自認為是「左翼贊同者」的新居格視為「腳踏於無產者新聞及講談社之間的大怪物」[14]。在〈GO・STOP〉和〈舞會事件〉等作品的機緣之下，貴司在作家同盟於 1929 年 2 月 10 日創立之際加入其中。

貴司加入作家同盟之後開始提倡普羅大眾文學，陸續發表〈新興文學的大眾化（新興文学の大眾化）〉《東京朝日新聞》（1929.10.12~14）、〈普羅大眾文學作法（プロレタリア大眾文学作法）〉《普羅藝術教程　第二輯》（1929 年 11 月號）等文章，甚至發表小說〈忍術武勇傳（忍術武勇伝）〉《戰旗》（1930 年 2 月號）做為其理論實踐。而改題自〈停止、前進〉、1930 年 4 月出版的〈GO・STOP〉，被喻為第一部普羅大眾小說作品，初版

---

[13] 和田崇〈作家生活の始まりと同伴者時代〉貴司山治研究会編《貴司山治研究〈「貴司山治全日記 DVD 版」別冊〉》（東京：不二出版，2011.1），頁 102-103。

[14] 「昭和三年十一月、無産者新聞に、それまで講談社の娯楽雑誌や、諸方の商業新聞に、さかんに興味本位の大衆小説を書いていた新進作家の貴司山治が、突然「舞踏会事件」という七回連載の大衆小説を執筆した。／それをみて面くらったのは、当時左翼作家のチャキチャキであった林房雄である。／かれは朝日新聞だったかの文芸時評で「無産者新聞と講談社を両天秤にかけるとは大へんな怪物だ」という意味のことを書き、自から「左翼同調者」をもって任じていた新居格は、雑誌「新潮」で「かれはたしか私と同郷の徳島の男だと思うが、無産者新聞と講談社を二た股かけるとは……」と書いた。」貴司山治遺稿〈我的文學史（私の文学史）〉「貴司山治資料館」（http://www1.parkcity.ne.jp/k-ito/）。2012.04.20 查閱。

印二萬本，三天後被禁止發行時，已經全部售罄[15]。根據小林茂夫的研究，「〈GO・STOP〉採用偵探小說的手法，讓讀者能夠輕鬆地理解小市民的知識階級及不良少年對於階級鬥爭的覺醒。可以說，其『普羅大眾小說』的意圖已經成功達成了」[16]。由此可知，〈GO・STOP〉不但受到廣泛大眾的熱烈歡迎，而且是一部成功的普羅大眾小說。但相對於此，作家同盟卻將之視為問題，認為小說裡事件的偶然性及個人英雄主義，是內容的鄙俗化，不是真正的大眾化，違反了普羅革命意識[17]。

在第二次作家同盟大會的準備期間，作家同盟委員及貴司山治、德永直、小林多喜二等人，針對文學大眾化的問題召開了小委員會，貴司主張「寫得太困難的話，就沒有人要讀，所以要寫得更簡單才行。必須降到『講談』那種程度才行。有很多勞動者是『講談』的讀者，因此我們應該以這個階層為目標來創作普羅大眾小說」[18]。接著，在 1930 年 4 月 6 日第二次作家同盟大會時，中央委員會決定的「文藝運動的布爾什維克化」及「推展共產主

---

[15] 「はじめて「プロレタリア大衆小説」と銘記されたこの小説は、初版二万部すって三日後に発禁、そのときにはすでに売切れというありさまだった。」尾崎秀樹〈貴司山治論——無産階級大衆文學論——（貴司山治論——プロレタリア大衆文學論」）〉《大衆文學論》（東京：勁草書房，1965.6），頁167。

[16] 「この作品の構成は探偵小説などの手法を駆使しながら、作者は、小市民的なインテリや不良少年などが階級闘争に目覚めていく姿を、読者に平易に理解できるように描いていて、いわゆる"プロレタリア大衆小説"としての意図を成功させているように考える。」小林茂夫〈解說〉《細田民樹、貴司山治集》「日本プロレタリア文学集」30（東京：新日本，1987.7），頁492。

[17] 和田崇〈作家生活の始まりと同伴者時代〉貴司山治研究会編《貴司山治研究〈「貴司山治全日記 DVD 版」別冊〉》（東京：不二出版，2011.1），頁107。

[18] 「むずかしくかいては、多くの人がよまないから、もっとやさしくかかねばならぬ。それは、講談ぐらいの低さにまでひきさげなければならない。労働者の間には、講談の読者が多い。だから、そういう層をめざして、プロレタリア大衆小説が、生産さるべきである。」尾崎秀樹〈貴司山治論——無産階級大衆文學論——（貴司山治論——プロレタリア大衆文學論」）〉《大衆文學論》（東京：勁草書房，1965.6），頁167。

義文學」方針被提了出來，但貴司卻表達反對意見，提出「文學大眾化的問題」，主張在製作「複雜高級的社會性內容」的作品的同時，也必須為廣泛大眾製作具有「比較單純、比較初步內容的作品」[19]。這使得藝術大眾化的問題又被提出來討論。

在第二次作家同盟大會之後，約在 1930 年 4 月左右，貴司提出的「文學大眾化的問題」在納普中央常任委員會被提出來討論達四、五次之多，被批評為「為了讓形式簡單而降低了意識形態，似乎企圖將社會民主主義的內容放入其中」。該中央常任委員會最後的決議則是「藝術大眾化的作法應該是，盡量採取單純的形式，將高度共產主義思想明白易懂地傳達給大眾」[20]。

普羅文壇內部這場圍繞著貴司的「文學大眾化的問題」的爭議，被資產階級文壇所關注。根據貴司的遺稿可知，《東京日日新聞》在 1930 年 4 月 19 日刊載〈納普作家出現分裂之兆（ナップ系作家に分裂の兆）〉一文，並於翌日 20 日刊載〈兩派的說法（兩派の言ひ分）〉一文，指出藏原派與貴司派的對立是「納普作家分裂之前兆」。此時，中央公論社希望貴司針對此事發表文

---

[19] 「彼（貴司）は……「複雑な、高い社会的内容」をもった作品と並んで、広範な大衆を目安とした「比較的単純な、比較的初歩的な内容をもった作品」が製作されることの必要であるということを主張している。」藏原惟人〈藝術大眾化的問題（芸術大衆化の問題）〉《中央公論》（1930 年 6 月號）。引自《日本プロレタリア文学評論集》4，頁 307~308。

[20] 「（第二回大会のあとで）私は中央委員にさせられました。それで大衆化問題の続きをやらなければならない……四月ごろから四、五回ぐらい中央常任委員会でそれを討論したんです。……そこで私が槍玉にあげられたのは、形式を安易にするために、イデオロギーをゆるめて、社会民主主義的なものを取り入れようとしているのではないか……（そうして）議論は、高度の共産主義的な思想を、出来るだけ単純な形式で、わかりやすく大衆に与える文学を作るのが芸術の大衆化ということに尽きる、ということになってしまった」貴司・尾崎対談〈私とプロレタリア文学〉《文学》（1965 年 3 月號）。引自 伊藤純〈プロレタリア文学と貴司山治──「私の文学史」をめぐって〉「貴司山治資料館」（http://www1.parkcity.ne.jp/k-ito/）。2012.04.20 查閱。

章做出回應,貴司向當時作家同盟書記長立野信之徵詢,受到的指示是:文章內容不可超過前述中央常任委員會關於藝術大眾化問題的決議範圍,另外也會請藏原寫一篇來回應[21]。

　　貴司於是依循決議內容寫出〈來自普羅文學陣營（プロレタリア文学の陣営から）〉短文,發表於《中央公論》1930 年 6 月號。貴司反駁藏原派與貴司派對立及納普作家分裂等的傳言,並指出作家同盟召開大眾討論研究會,貴司和藏原都是成員之一。在該研究會中,針對前年以來成為普羅文學運動中心問題的文學大眾化問題做了熱烈的討論,從互相對立、齟齬,最後達成一致共識。研究會一致認為目前普羅文學陣營存在著兩個重要的缺陷。其一是「意識形態沒有受到強化」,其二是「還未成功創造最具大眾形式的作品」。貴司在文末強調「以上是由作家同盟委員會為中心進行大眾討論所得到的團體意見,不是我個人的意見。不,應該說我個人的意見已充分包含其中」[22]。貴司此文符合決議的方針,但從其行文裡可以隱約感受到他屈就於決議的無奈。

　　另一方面,立野信之委請當時已潛入地下的藏原寫的文章〈藝術大眾化的問題（芸術大眾化の問題）〉同樣發表於《中央公論》1930 年 6 月號,其內容也與貴司一樣,反駁藏原派與貴司派對立及納普作家分裂等傳言。不同的是,藏原以多於貴司〈來自普羅文學陣營〉四倍的篇幅,細述貴司主張的「大眾藝術」,批評貴司的〈GO・STOP〉及〈忍術武勇傳〉等作品從講談社式的大眾文

---

[21]　貴司山治遺稿〈我的文學史（私の文学史）〉「貴司山治資料館」（http://www1.parkcity.ne.jp/k-ito/）,2012.04.20 查閱。

[22]　「以上は作家同盟の委員会を中心とする大衆的討論が見出してきたところの団体的意見であって、私の個人的意見ではない。否、私の個人的意見も十分にこの中にふくまれてくるのである」貴司山治〈来自普羅文學陣營（プロレタリア文学の陣営から）〉《中央公論》（1930 年 6 月號）,頁 151。

學、通俗小說的形式出發，沒有確實掌握真正的馬克斯主義觀點而使用了異質的形式，會無意識地將讀者大眾拉往與該形式結合的世界觀[23]。

貴司認為藏原此文對他的批評已經脫離決議的範圍，變成藏原對他的判刑，讓他立於被告之席[24]。

作家同盟對於這次的論爭做出的決議與藏原惟人的主張息息相關。藏原從 1930 年春天開始進入地下生活，以佐藤耕一的化名在《戰旗》1930 年 4 月號發表〈「納普」藝術家的新任務──向確立共產主義藝術邁進（「ナップ」芸術家の新しい任務──共產主義芸術の確立へ）〉一文，主張普羅藝術家必須布爾什維克化，提出政治優位性的主張：「必須將我國的無產階級者與黨在當前面臨的課題做為藝術活動的課題」[25]。自此至「納爾普」[26]於 1934 年 2 月解散為止，這個要求是始終不變的至高命令[27]。

作家同盟中央委員會在《戰旗》1930 年 7 月號發表〈關於藝術大眾化之決議（芸術大眾化に關する決議）〉便是依循藏原惟人以政治優位性為綱領所做的決議，也是依據第二次作家同盟大會決定的方針（克服「高級文學」、「大眾文學」的二元對立）所發

---

[23] 藏原惟人〈藝術大眾化的問題（芸術大眾化の問題）〉《中央公論》（1930 年 6 月號）。引自《日本プロレタリア文学評論集》4，頁 311。

[24] 貴司山治遺稿〈我的文學史（私の文学史）〉「貴司山治資料館」（http://www1.parkcity. ne.jp/k-ito/）。2012.04.20 查閱。

[25] 「わが国のプロレタリアートとその党とが現在に於いて当面している課題を、自らの芸術的な活動の課題とする」藏原惟人〈「納普」藝術家的新任務──向確立共產主義藝術邁進（「ナップ」芸術家の新しい任務──共產主義芸術の確立へ）〉《戰旗》（1930 年 4 月號）。引自《日本プロレタリア文学評論集》4，頁 291。

[26] 日本普羅作家同盟於 1932 年 2 月加盟國際革命作家同盟，成為國際革命作家同盟日本支部（簡稱「NALP」・「納爾普」）。

[27] 「この「わが国のプロレタリアートとその党とが現在に於いて当面している課題を、自らの芸術的な活動の課題とする」という要求は、この時以後、ついにナルプの崩壊に至るまで、終始変わることのない至上命令となった。」栗原幸夫《プロレタリア文学とその時代》（東京：平凡社，1978.1），頁 140。

展而成的結果：

> 　　將藝術分為高級的藝術與大眾的藝術，因而產生了特
> 殊的大眾藝術形式好像存在的這種幻想。……以低意識水
> 平的大眾為標準的大眾藝術，導致了允許摻水稀釋而「沖
> 淡意識形態」這種錯誤。[28]
>
> 　　我們的藝術……是以無產階級的革命為目標而前進，
> 以日本革命無產階級者的意識形態為內容。……關於這一
> 點，不得有任何的妥協。藝術大眾化的唯一目的是將這個
> 革命的意識形態滲透到廣泛勞工及農民大眾之中。
>
> 　　我們主張以初步的題材或形式來使高度的意識形態讓
> 大眾理解，但絕對不可能以此來對於任何低級的「通俗文
> 學」予以合理化。[29]

〈關於藝術大眾化之決議〉指出，在第二次作家同盟大會確立了
「運動的布爾什維克化」方針，而藝術大眾化的議題就是因為與
此方針有關聯才被提起的，故絕對不允許意識形態被沖淡稀釋。

---

[28] 「芸術を高級なそれと、大衆的なそれとに分つことによって、何等かの如き幻想
を惹起こしたことである。……意識水準の低い大衆を目安にする大衆芸術の場合
は、「イデオロギーを割合にゆるやかに」水を割ることがゆるされるといふ逸脱
を導いたことである。」日本普羅作家同盟中央委員會〈關於藝術大眾化之決議（芸
術大眾化に關する決議）〉《戰旗》（1930 年 7 月號），頁 167。

[29] 「我々の芸術は……プロレタリアートの××（革命）を目標として進みつつある
日本の××（革命）的プロレタリアートのイデオロギーを内容とする……その点
に關しては何らの妥協も許されない。芸術大眾化の唯一の目的は、広汎な労働者
及び農民大衆の中に、この革命的イデオロギーを浸透せしめることに外ならない
のだ。／高いイデオロギーを「初步的な題材又形式によって、理解せしめること
に就いて言はれたものであって、それが何等かの低級な「通俗的文學」の容認を
合理化することであっては絶対にならないのだ。」日本普羅作家同盟中央委員
會〈關於藝術大眾化之決議（芸術大眾化に關する決議）〉《戰旗》（1930 年 7 月號），
頁 168。

該決議批判貴司的〈忍術武勇傳〉是「對形式的不慎重」，「輕率地因襲過去形式而扭曲了內容的階級性」[30]，將貴司的普羅大眾文學論判定為明顯的錯誤，結束了第二次藝術大眾化論爭。

中川成美指出，「如同在第一次論爭時，中野屈服於藏原，在第二次論爭時，貴司也同樣屈服於藏原所代表的『納普』中樞部門的政治綱領」[31]。也就是說，第一及第二次的藝術大眾化論爭到最後都服膺於納普的大眾化論，即「如何將無法稀釋沖淡的、獨一無二的革命意識『單純』且『明朗』地傳達給大眾」[32]。

根據伊藤純的研究，在第一次論爭的過程中，其實是默認了高級和初級的二元論，並主張應向既有的大眾作家學習大眾化的技法。但是第一次論爭的結論卻在第二次論爭時被排除了，使得第二次論爭到達了極端排它、極左的結論[33]。也就是說，〈關於藝術大眾化之決議〉將納普的大眾化確立為宣傳教化政治政策的手段，使得第二次論爭退到了比第一次論爭時更左的立場。

---

[30] 「形式的無雜作」「無雜作に過去の形式を踏襲することによって内容の階級性を歪げた」日本普羅作家同盟中央委員會〈關於藝術大眾化之決議（芸術大眾化に關する決議）〉《戰旗》（1930 年 7 月號），頁 168。

[31] 「この第二回でもまた（中野が藏原に屆した）一回と同じく藏原に代表されるナップ中枢部の政治的綱領の前に（貴司が）膝を屆した」中川成美〈芸術大眾化論爭の行方（上）〉《昭和文學研究》（1982.6），頁 24。

[32] 「第一回と第二回の芸術大眾化論爭では、ともに芸術の一元化が確認されたが、それは主として内容における一元化であった。そして、形式においては「単純さと明朗さ」が求められることになった。つまり、水で割ることのできない唯一無二の革命的イデオロギーを、いかに「単純」かつ「明朗」に大眾に伝えるか、それが一應は到達したナップの大眾化論であった。」和田崇〈『蟹工船』の読めない労働者──貴司山治と德永直の芸術大眾化論の位相──〉《論究日本文學》91号（京都：立命館大学日本文学会，2009.12），頁 319。

[33] 「一回目の暗黙の結論、高級初級の二元論を認め、大眾化の技法を既存大眾作家に学ぼう、という考え方がかなぐり捨てられ、極めて排他的で極左的な結論に到達したということである。」引自 伊藤純〈普羅文學與貴司山治──關於〈我的文學史〉（プロレタリア文学と貴司山治──「私の文学史」をめぐって）〉「貴司山治資料館」（http://www1.parkcity.ne.jp/k-ito/）。2012.04.20 查閱。

（三）第三次論爭

　　第三次論爭發生於 1932 年，論爭主角分為兩個陣營，一方是主張普羅大眾文學的貴司山治和德永直，另一方則是奉行藏原惟人理論的小林多喜二、宮本顯治等人。

　　納普重要理論家藏原惟人在 1929 年加入非法的日本共產黨，在 1930 年 7 月接受日共中央委員會命令，秘密前往蘇聯參加「國際紅色勞動工會（Profintern）」第五屆大會。藏原在 1931 年 2 月回國時，面對日本普羅文學運動的慘澹狀況，活用其在蘇聯的經驗[34]，以古川壯一郎的假名在《納普》1931 年 6 月號發表〈普羅藝術運動的組織問題──必須以工廠和農村為基礎進行再組織──（プロレタリア芸術運動の組織問題──工場・農村を基礎としてその再組織の必要──）〉[35]一文，主張以布爾什維克化來解決組織的問題，文化運動的中央組織應結合勞工農民來進行文化運動。前述 1930 年 7 月對於第二次論爭所做的〈關於藝術大眾化之決議〉拒絕推展大眾化運動，使得藝術大眾化的討論走到了瓶頸。不過，藏原在 1931 年 6 月的〈無產階級藝術運動的組織問題〉提出了再組織論的提案，主張在大眾之中組織藝術運動，以此推展大眾化。然而這種組織領導階層提出的組織論，是否能夠滿足大眾的需求呢？是否能達到藝術大眾化呢？由後述貴司山治的發言，可以看出藏原提出政治優位性綱領、由組織領導階層的

---

[34] 「1931 年以後，隨著蘇聯黨派鬥爭的激烈，政治主義思潮逐漸佔據文藝的主流，藏原受其影響，也發生了很大的變化。」王志松〈"藏原理論"與中國左翼文壇〉《中國現代文學研究叢刊》2007 年第 3 期（北京：中國現代文學館，2007），頁 128。

[35] 該文早已於 1931 年 3 月寫成，因遭到窪川鶴次郎等納普指導部門的反對而無法立即刊出。其後黨部對於普羅文化運動的指導方向有所轉換，接受了藏原惟人的普羅文學運動組織論，而在 2 個月之後刊出。浦西和彥〈《文學新聞》について〉《ブックエンド通信》2 号（1979.4），頁 35~36。

組織論，為普羅作家帶來寫作上的混亂和困擾。貴司認為這種作法無法達成藝術大眾化，因此執著地提倡普羅大眾文學論。

貴司山治在《普羅文學》1932 年 3 月號發表的〈從現在開始（これからだ）〉是第三次論爭引爆點之一。該文提到他進入作家同盟當時普羅文壇的潮流，並真誠地道出他創作〈GO・STOP〉（1930.4）及〈忍術武勇傳〉（1930.2）時的心境：

> 當時普羅作家寫的作品都不出於自然主義式的現實主義，於是漸漸走到了瓶頸，為了尋求解決之道而產生了藝術大眾化的討論，但是並沒有找出那種「嗯，這樣做就對了」的具體解決對策。……其實我覺得小林的〈三・一五〉和〈蟹工船〉有三分的普羅文學和七分的自然主義文學……。／從 1929 年到 30 年之間，確實有些好作品產生，但現在看來，那不過是剛萌芽的少年小說罷了。但是這些小說在各方面都得到極高的贊賞／我進入作家同盟之後，一旁觀看著這樣的潮流，獨自發出了感嘆。我暗地下了極大的決心：「就做吧！」，因此面對著這股「潮流」發明了〈GO・STOP〉和〈忍術武勇傳〉。／之所以說我不是隨隨便便地跳出來的，指的就是這件事。我是以認真的心情來做的，當我不斷遭到批評時，就漸漸了解自己的愚蠢，感到有點困擾。還有，關於大眾化的〈決議〉，基本上是知道了，但其實一點也不了解。不，應該說是被搞得不明白了。／於是我將自己拉回原點，試著寫出〈波〉和〈記念碑〉，但是在未能完全理解時，我在面對問題時是相當固執的。這是因為我不是天才，除了固執之外，怎麼也走不出去。我變得沉寂，最近就寫不出東西了。／之所以無法寫小說，

是因為自從〈GO・STOP〉以來，我的固執性一直沒有得到滿足。如果我無法得到徹底的理解，文學這種東西是索然無趣的。／對於唯物辨證法創作方法的問題，我也是不懂。[36]

由前述第二次論爭的介紹可知，貴司以朝日新聞記者、大眾文學作家的身分參加了作家同盟。這個來自敵對於普羅文壇的大眾文學作家的加入，是一種異質性的存在，引發了相當大的關注。大眾文學寫手出身的貴司，無法滿足於當時普羅作家盛行的純文學式的自然主義寫實方法，於是鼓起勇氣提倡採用大眾文學形式的普羅大眾文學，並且創作了〈GO・STOP〉及〈忍術武勇傳〉等作品。雖然這些創作獲得了極大的迴響，卻不符合納普中樞部門的「政治優位性」政治綱領，作家同盟中央委員會發表〈關於藝術大眾化之決議〉一文批評貴司使用大眾形式使革命意識被稀釋

---

[36] 「当時プロレタリア作家は自然主義的リアリズムの域を出でざる作品を書きつづけて次第に行詰り、その打開の途として、芸術大眾化の議論の中に迷ひ込み、決して『うんこうすればいいんだ』といへる具体的な解決策を持っていなかった。……事実、当時小林の『三・一五』や『蟹工船』にプロレタリア文学を三分感じ自然主義文学を七分感じ……。／1929 年から 30 年へかけてこれらの作品にはいい萌芽はあったと思ふが、今から思へば、何が何だか、少年小説だ。しかも之等の作品のあれこれがとても賞賛されたのだ。／僕は同盟にはいって、この時流を傍観しながら、ひとりで嘆いていた。思いひそかに『何糞！』とばかり相当の決心をこめてかかる『時流』に向かって僕が『ゴー・ストップ』や『忍術武勇伝』を発明したんだ。／勝手にとび出した積りではなかったといふのは、ここのことだ。マジメにとび出したんだから、ぴしやんこになった時は自分のバカが次第にわかってきて、すこし困った。そして大眾化の『決議』で一応はわかったが二応はわからなかった。いや、わからなくしてしまひ、されてしまった。／元の所へ引返してさぐりさぐりで『波』や『記念碑』を書いてはみたが、僕は合点の行く迄は問題に向ってとても執拗になる。之は自分が天才でも何でもないから、執拗になる外に前へ出られないからだ。僕はじっとして、近項あまり書かなかった。／小説をあまり書かないのは、僕の執拗性が『ゴー・ストップ』以来未だ満足しないからだ。文学のことは、骨迄しみてわからないと僕には面白くないのだ。／唯物弁証法的創作方法の問題も僕にはわからぬ。」貴司山治〈従現在開始（これからだ）〉《普羅文學》（1932 年 3 月號），頁 132~133。

沖淡。貴司受到的批判讓他明白要對抗中樞部門的政治綱領是一件愚蠢的事，並且試著回歸原點進行創作，但因為無法理解〈關於藝術大眾化之決議〉，而無法再寫小說。

再者，貴司在文末提到對於「唯物辨證法創作方法」[37]感到不了解。「唯物辨證法創作方法」由藏原惟人在《納普》1931 年 9 月號發表〈對於藝術方法的感想（芸術的方法についての感想）〉中開始提倡。這是產生於蘇聯文學運動中的創作方法，後來風行至德國等地，成為國際性的潮流。根據佐藤靜夫的研究可知，唯物辨證法創作方法是無視或輕視藝術特殊性的機械論，以此為依據的批評，機械性地要求作家和作品必須對於社會科學、哲學具備完全的認知，為納普的作家和評論家在創作或評論上帶來了種種的困難和混亂[38]。對照貴司發表「對於唯物辨證法創作方法的問題，我也是不懂」這樣的感想，可知他真實反應了當時普羅文學家的心聲。但是這個做為普羅文學家真誠的表白，卻遭到了宮本顯治和小林多喜二的批判。此待後敘。

除了貴司山治之外，還有一位普羅作家表達了相近的意見，那就是德永直。德永直在《中央公論》1932 年 3 月號發表〈普羅文學的一個方向—前往大眾文學戰線—（プロレタリア文學の一方向—大眾文學の戦線へ—）〉，成為第三次論爭引爆點之二。該

---

[37]「辯證唯物主義創作方法最初出現於 1928 年 4 月全蘇第一次無產階級作家代表大會的決議：“只有受辯證唯物主義方法指導的無產階級作家能夠創造一個具有特殊風格的無產階級文學流派”。在這個決議中，現實主義等同於唯物主義，浪漫主義等同於唯心主義。到 1929 年底，辯證唯物主義創作方法被明確下來，作為無產階級文學的“創作”準則。1930 年 11 月，國際革命作家聯盟在蘇聯哈爾科夫召開第二次代表大會，正式認可並推行「拉普」提出的「辯證唯物主義創作方法」。」靳明全《中國現代文學興起發展中的日本影響因素》（北京：中國社會科學，2004.9），頁 159~160。

[38] 佐藤靜夫〈解說〉《日本プロレタリア文學評論集》7 卷（東京：新日本，1990.12），頁 465。

文指出自從 1931 年滿州事變（九一八事變）爆發以來，所有資產階級的文化機關開始鼓吹普羅大眾前往戰場，使得資產階級讀物的讀者大眾受到其強化法西斯文化的影響。德永主張，為了讓普羅大眾從資產階級大眾文學往普羅文學靠近，普羅文學作家應該全力朝向「大眾小說」的戰線，創作符合大眾形式的小說，那就是為普羅大眾而寫的長編小說「普羅大眾長編小說」。

> 我在此要提出的問題是，我所隸屬的作家同盟很少施力於「普羅大眾長編小說」方面。／……在普羅文學陣營裡，除了正在《文學新聞》連載的貴司山治的〈大塩平八郎〉之外，恐怕都找不到了。
> 我們的「普羅小說」是藝術小說，已習於採用少許的文字或暗示的形式來表現，這種形式只有極少數的讀者——也就是已被組織化的讀者才能理解。[39]

德永直認為，當時的普羅文學者創作的小說都是藝術小說，只用少許的文字或暗示來表現，只有極少數讀者看得懂，無法讓一般讀者大眾接受。真正為普羅大眾需要的普羅大眾長編小說，卻得不到作家同盟的重視，以致於在當時極為少見，只有貴司山治的小說〈大塩平八郎〉稱得上。由此可以看出德永認同貴司的普羅

---

[39] 「ボクがここで問題にしたいのは、ボクの所属する作家同盟が、「プロレタリア大眾向長編小説」方面において、その力が著しく欠如しているという事実である。／……恐らくプロレタリア文化陣営においては『文学新聞』において貴司山治が「大塩平八郎」を連載している以外には見当たらないことである。」「吾々の「プロレタリア小説」は芸術小説で、わずかな言葉、或いは暗示によってすぐ呑みこめるかぎられた範囲の読者——組織された読者の中にのみとどまる形式に馴れていた。」德永直〈普羅文學的一個方向（プロレタリア文学の一方向—大衆文学の戦線へ—）〉《中央公論》（1932 年 3 月號）。引自《日本プロレタリア文学評論集》7，頁 254, 259。

大眾小說方向。

　　值得一提的是作家同盟創設的報紙《文學新聞》。當新方針「勞農通信運動」在 1931 年 5 月第三次作家同盟大會上被確立之後，為了讓普羅文學的影響擴展到工廠農村裡的文學同好會，使大眾往無產階級集結，於是從 1931 年 10 月 10 日開始發行《文學新聞》。最初的主要編輯委員是德永直和貴司山治，這兩人將《文學新聞》做為普羅文學大眾化的延長，企劃了〈第一回懸賞小說　新年特輯〉，並且全頁刊載讀者投稿的文章。不過，自從藏原惟人倡議再組織論以來，由於《文學新聞》沒有與再組織的議題結合，而被壺井繁治批評為內容和編輯方針不正確，視其帶有「難以救贖的機會主義和大眾追隨主義」[40]。筆者從壺井繁治的批評關注到的訊息是，貴司雖然經歷了第二次論爭的批判，但仍舊堅持著普羅大眾文學的方向，與相同理念的德永共同在《文學新聞》上不斷耕耘。

　　前述貴司及德永在 1932 年 3 月分別發表〈從現在開始〉及〈普羅文學的一個方向〉之後，作家同盟內部出現極大的討論，尤其是宮本顯治和小林多喜二做出了嚴厲的批判。宮本顯治在《普羅文學》1932 年 4 月號發表〈克服普羅文學的遲緩與落後（プロレタリア文学における立遅れと退却の克服へ）〉，做出了以下的批評：

　　　　關於這個主張（筆者注：全力朝向「大眾小說」的戰線），基本上在我們作家同盟裡已經將之批判為錯誤了。「普羅大

<hr />

[40] 「今日までの文学新聞の内容及びその編集方針が全く正しかったと云うことを意味しない。……そこから救い難い日和見主義、大衆追随主義が生まれて来ると云うことを理解しなければならぬ。」壺井繁治〈文学新聞に対する批判〉《プロレタリア文学》1932.2。引自《日本プロレタリア文学評論集》6，頁 132。

> 眾文學論」已經被批判為不可能存在於普羅文學之中，而
> （德永）現在提出的主張，根本是「普羅大眾文學論」的
> 公然復活。[41]

宮本認為，德永在 1932 年的主張是貴司山治於 1929 年開始提倡的普羅大眾文學論的復活，作家同盟中央委員會早在〈關於藝術大眾化之決議〉（《戰旗》1930 年 7 月號）已做過嚴厲批判，不應該又來重提普羅文學裡不可能的藝術理論。宮本指出，在現今階級鬥爭異常激化的情勢下，德永提出的普羅大眾文學論，是對於資產階級文化的過度評價，而且對於普羅文學運動的發展階段欠缺理解，是右翼的機會主義。另外，宮本也一併批評貴司在〈從現在開始〉的發言，指出貴司對於文學運動在集團組織裡的發展階段沒有正確的理解，是普羅作家後退的表現。宮本主張，對於具有右翼機會主義傾向的普羅大眾文學論，必須毫不慈悲地給予批判。

另一位批判者小林多喜二在《新潮》1932 年 4 月號發表〈為了確立「文學的黨派性」（關於德永直的見解）（『文学の党派性』確立のために（德永直の見解について））〉指出，在 1930 年 4 月 6 日第二次作家同盟大會中，已經明確提出列寧對於普羅文學的明確規定：「文學必須是屬於黨的」，確立文學的黨派性是普羅文學不可或缺的條件。貴司山治提倡的大眾文學論是最露骨的右翼偏向，1930 年 7 月的〈關於藝術大眾化之決議〉已將其

---

[41] 「これは既に、我が作家同盟で基本的に一応その誤謬が指摘され、そうしたものはプロレタリア文学のなかにあり得ないことが批判されてきた「プロレタリア大眾文学論」の公然たる復活である。」宮本顯治〈克服普羅文學的遲緩與落後（プロレタリア文学における立遅れと退卻の克服へ））《普羅文學》（1932 年 4 月號）。引自《日本プロレタリア文学評論集》5，頁 218。

主張的普羅大眾文學判定為明顯的錯誤。普羅文學家必須站在黨的世界觀（即辨證法的唯物論）的高度，不得有任何一步的妥協，因此必須從黨的立場出發，以唯物辨證法的創作方法來批評普羅大眾文學。對於德永直〈普羅文學的一個方向〉提倡的大眾文學戰線，小林認為德永顯然是在走回頭路[42]。

在宮本和小林做出批評的同時，作家同盟也在《普羅文學》1932 年 4 月號發表〈關於與右翼危險的鬪爭之決議（右翼的危險との鬪爭に關する決議）〉，公開判定德永和貴司的見解違反作家同盟的基本方針，是最嚴重的右翼危險之呈現[43]。

貴司和德永受到作家同盟的批評之後，同時進行自我批判。貴司山治在《普羅文學》1932 年 5 月號發表〈自我批判的實踐（自己批判の実踐へ）〉，表示接受〈關於與右翼危險的鬪爭之決議〉對他的批判，從現在起將克服自己的小市民傾向，將創作活動與無產階級的必要性充分結合[44]。德永同樣在《普羅文學》1932 年 5 月號發表〈提倡「大眾文學形式」之自我批判－併論貴司山治的

---

[42] 「1930 年は我々が作家同盟の第二回大会を持った年であり、そこで我々は初めて「文学は党のものとならなければならない」といふレーニンのプロレタリア文学に対する明確な規定を最前面に押し出して、今迄単に理論の上では区別されていたが、作品の上では事実そのどっちといふことが曖昧にされていた社会民主主義者（文戦一派）との芸術の区別をハッキリと立て、他方ではブルジョア芸術に対する攻撃を党的立場から武装した年である。／当時この「党派性」の確立の不可缺の条件として、最も露骨に右翼的脱落を示した（貴司山治の）所謂「大眾文学論」に対する批判が行はれなければならなかったのである。ところが今德永の見解は、その当時、或ひはムシロそれ以前への逆戻りを示している。」小林多喜二〈為了確立「文學的黨派性」（關於德永直的見解）（『文学の党派性』確立のために（德永直の見解について））〉《新潮》（1932 年 4 月號），頁 118。

[43] 「同志德永及び貴司の見解を、我が同盟の基本方針に背反するところの、最も重大な右翼的の危険のあらわれであると認める。」日本普羅作家同盟常任中央委員會〈關於與右翼危險的鬪爭之決議（右翼的危險との鬪爭に關する決議）〉《普羅文學》（1932 年 4 月號），頁 117。

[44] 貴司山治〈自我批判的實踐（自己批判の実踐へ）〉《普羅文學》（1932 年 5 月號），頁 91~92。

論述）（「大眾文学形式」の提唱を自己批判する－併せて、貴司山治の所論に触れつつ）〉，承認他在〈普羅文學的一個方向—前往大眾文學戰線—〉提倡大眾文學形式的作法是明顯的錯誤。對於貴司山治的〈大塩平八郎〉，德永原本在前述〈普羅文學的一個方向—前往大眾文學戰線—〉視之為普羅文學裡唯一的普羅大眾長編小說，在此文裡則將之稱為「講談、讀物小說」，認為其不但無法回應普羅大眾的要求，還會妨礙普羅文學獲得大眾性。德永進一步主張應創作像壁小說和報告文學等新的形式[45]。

就這樣，隨著作家同盟對於黨的優位性日益強調，第三次論爭的結論比第二次更左、更封閉與僵化。

（四）第四次論爭

第四次論爭發生於 1934 年至 1935 年，起因於貴司山治提倡的實錄文學及德永直對此的批判。關於第四次論爭的討論，可見於尾崎秀樹〈貴司山治論——無產階級大眾文學論——〉、貴司山治遺稿〈我的文學史〉、伊藤純〈普羅文學與貴司山治——關於〈我的文學史〉〉等文章，但這些文章都不曾細述整個論爭的過程。筆者為了窺知第四次論爭的全貌，根據貴司山治及德永直發表於《文藝》及《文學評論》的諸篇文章進行整理，釐清了貴司山治提倡實錄文學的理由、實錄文學的內涵、以及德永直反對實錄文學的理由。

筆者認為，貴司山治之所以提倡實錄文學，與當時普羅文學運動受到鎮壓、普羅作家被迫轉向的時空背景有很大的關連。藏

---

[45] 德永直〈提倡「大眾文學形式」之自我批判－併論貴司山治的論述）（「大眾文學形式」の提唱を自己批判する－併せて、貴司山治の所論に触れつつ）〉《普羅文學》（1932 年 5 月號）。引自《日本プロレタリア文学評論集》7，頁 262。

原惟人在《前衛》1928 年 1 月號發表〈無產階級藝術運動的新階段－前往藝術大眾化與全左翼藝術家的統一戰線〉，促成了「普羅藝」與「前藝」在 1928 年 4 月合組納普。但自從 1931 年滿州事變（九一八事變）爆發之後，日本政府對共產黨施行進一步的鎮壓，藏原惟人面臨在工廠農村推行文學運動及文化運動的急迫性，主張在工廠及農村組織同好會，要將普羅文化運動做為共產主義運動的一環來展開活動。在藏原的提議之下，納普及普羅科學研究所等文化團體全部解散之後再組織，於 1931 年 11 月成立「克普」（日本普羅文化聯盟）[46]，形成了組織的大團結，並完成了中央集權。但是克普在 1932 年 3、4 月間受到集中鎮壓，藏原惟人、中野重治、宮本百合子、山田清三郎等多數作家相繼被捕入獄。貴司山治早在 1934 年 1 月被警察檢舉而被拘留九十天。在貴司遭拘留期間，納爾普於 1934 年 2 月決議解體，克普同時解散。根據小林茂夫的解說可知，貴司於 1934 年 5 月 10~13 日在《東京朝日新聞》發表〈維持法的發展與作家的立場（維持法の発展と作家の立場）〉做為轉向聲明，表明不再從事政治性活動。貴司表示，這是因為治安維持法的激烈化，使得普羅文學運動的合法活動已經不可能了，今後將以「進步的現實主義」和「支持國際主義的立場」來從事活動[47]。也就是說，自從滿州事變之後，普羅文

---

[46] 克普（コップ）：「日本プロレタリア文化連盟 Federacio de Proletaj Kultur-Organizoj Japanaj（エスペラント）の略称。満州事変が勃発し、政治的文化的な反動が急速に強化された時代に抗するために、工場や農村を基礎とする文化運動の再編成が求められ、1931 年（昭和 6）11 月に結成された。政治の優位性を強調し、組織活動と文化活動の統一を目ざしたが、指導部の相次ぐ検挙と機關誌の毎号にわたる発禁など、過酷な弾圧によって、34 年、事実上の解体に至った。」出處：小學館《日本大百科全書》（http://100.yahoo.co.jp），2010.12.21 查閱。〔執筆者：伊豆利彦〕

[47] 「治安維持法の改悪によって、プロレタリア文学運動の合法活動が「不可能」となり、今後は「進歩的なリアリズム」と「国際主義の支持の立場」で活動することを主張したのである。」小林茂夫〈解説〉《細田民樹、貴司山治集》「日本プロレタリア文学集」30（東京：新日本，1987.7），頁 485。

學作家在創作活動範圍上受到極大的限制，使貴司避提普羅大眾文學論，轉而提倡實錄文學。

1.貴司山治的實錄文學論

　　貴司山治從 1934 年底開始提倡實錄文學，1935 年 4 月創設實錄文學研究會，同年 10 月刊行《實錄文學》[48]，在政府強力鎮壓情勢下展開普羅文學大眾化的實踐。貴司於 1934 年 11 月 9 日~13 日在《讀賣新聞》連載〈「實錄文學」的提唱（『実録文学』の提唱）〉，討論具組織性的普羅文學運動崩壞之後如何進行文學實踐的問題，分成以下四個章節進行闡述：

一、問題的所在：今日的大眾文學不具有文學的根本性質（素材的現實性）……問題在於如何將這個壞傾向的、虛假的大眾文學趕出大眾樂於接受的文學範疇。[49]

二、與藝術文學的區別：為了克服今日具有壞傾向的大眾文學，唯有創造更健全的通俗文學才行。／即使在普羅文學之中，在稍早之前仍存在著相同的想法，有一部分人認為需要站在無產階級立場所做的通俗性文學。但這個想法被視為違反高度黨派性的普羅文學目的，被視為邪道而予以排斥。這些排斥起於作家對於現實大眾生活欠缺社會性的考量。／我們無法直接強行要求大眾接受他們還未感覺需要的高度藝術之文

---

[48] 《實錄文學》（實錄文學研究會，1935.10~1936.4）。

[49] 「一、問題の所在：今日の大眾文学はこの文学の根本的性質（素材の現實性）から離れたもの……問題はいかにすればこの悪傾向の嘘の大眾文学を、大眾の受用から切り出しうるかにある。」貴司山治〈「實錄文學」的提唱（『実録文学』の提唱）〉《讀賣新聞》（1934.11.9）。

學，以此來驅逐（具有壞傾向的大眾文學）。╱為了啟蒙而做的通俗文學與原本的藝術文學是範疇各自不同的工作。[50]

三、「實錄」的意義：關於具有健全傾向的通俗文學與原本的藝術文學之間，其差異在於表現題材的手法上的差異；而在精神層面上，對於「不會無視於現實性」這一點，兩者必須是一致的。╱為了達到含有上述意義的通俗文學，首要的工作是必須要有一個具體的軀體，我將此鎖定在「髷物（時代劇）」大眾小說－歷史小說－的領域。╱這是沿著「以淺顯易懂的方式來描寫歷史留下的現實意義」之現實主義文學的一條平行線。[51]

四、工作範圍：寫得有趣的實錄（筆者注：紀實故事）、實話（筆者注：根據實際事件寫成的讀物）、報告、通訊等都應算是實錄文學的範圍。[52]

---

[50] 「二、芸術文学との区別：今日の悪傾向の大衆文学を克服するためには、より健全な通俗文学を創り出す外に道はない。╱プロレタリア文学の中でも、少し前にこれと同じ考えが存在し、プロレタリア的な見地からする通俗的文学が必要ではないのは？といふ一部の見解を、高い党派的なプロレタリア文学の目的に対抗する邪道として排斥したことがある。これらの考へ方は作家が現に生きて動いてゐる大衆の生活に対する社会的な考慮を缺いた際に起こる。╱いきなり直接に、大衆に向って未だかれらが需要を感じてゐない高度な芸術文学を強要することによって駆逐するわけには行かないのである。╱啟蒙のための通俗文学は、本来の芸術文学とはおのづから範疇を異にした仕事である。」貴司山治〈「實錄文學」的提唱（『実録文学』の提唱）〉《讀賣新聞》（1934.11.10）。

[51] 「より健全な傾向の通俗文学と、本来の芸術文学との相違は、題材を表現するその手法の上の相違であって、精神の上では両者は現実性を無視しないといふ点で常に一致してゐるべきである。╱右のやうな意味での通俗文学の仕事でまっさきに、胴体をつかむものとしてとりかからねばならぬのは、今ここで対象としてゐるまげ物大衆小説－歴史小説－の分野である。╱それは、歴史がのこした現実の意味をわかりやすくおしへるリアリズム文学に沿った一本の併行線である。」貴司山治〈「實錄文學」的提唱（『実録文学』の提唱）〉《讀賣新聞》（1934.11.11）。

[52] 「四、仕事の範囲：実録文学とよぶべき範囲には、興味あるやうに加減された実録、実話、報告、通信等も亦いってこなければならぬ。」貴司山治〈「實錄文學」的提唱（『実録文学』の提唱）〉《讀賣新聞》（1934.11.13）。

貴司將實錄文學鎖定為歷史小說，舉出大多數的勞工大眾都愛讀
這種大眾讀物，應沿著「以淺顯易懂的方式來描寫歷史留下的現
實意義」之現實主義文學來創作「健全的通俗文學」，以此打倒
「壞傾向的大眾文學」，發揮大眾教化的職責。

2.德永直對實錄文學的批判

德永直在《文藝》1935 年 3 月號發表〈最近關於文學的感想
（文学に關する最近の感想）〉，批判貴司山治的實錄文學。德
永指出武田麟太郎和貴司山治的相似觀點：武田麟太郎在 1935 年
1 月 10 日~13 日的《東京日日新聞》與德永直的對談中，主張「我
們的文學在藝術程度上愈高的話，就會離知識水平低的勞工大眾
讀者群愈遠」；貴司山治在 1934 年 11 月 9 日~13 日《讀賣新聞》
的〈「實錄文學」的提唱〉主張「今日我們想要獲取更多讀者的
話，必須以普羅大眾小說來取代目前擁有眾多讀者的《國王》之
類、甚至各種資產階級大眾小說。因為高水平的藝術小說是無法
立即做到的」。德永認為，武田和貴司兩者的意見看似不同，但
在「藝術性或高水平的小說不具有大眾性」的意義上，兩者都不
相信大眾對於藝術的理解能力，必須予以批判[53]。

---

[53] 「同君（武田麟太郎）─わが文学が芸術的にたかまればたかまる程、知識の低い
労働大衆の読者層から離れてゆく」─といふやうな意見があった。……貴司君の
「実録文学の提唱」の中で現はれている意見は、要約すると、今日沢山の読者を
捕まえるには、まず今日沢山の読者があてがはれているところのキング的、乃至
は種々のブルジョア大衆小説に代るところのプロレタリア大衆小説を与へなね
ばならぬ。程度のたかい芸術小説では直ちにそういふ訳にはゆかないから─とい
ふやうな意味であったと思ふ。この場合一見、武田君の意見とは異なっているや
うにみえるが、芸術的とか或ひは程度の高い（といふ）小説を、大衆的ではない
とする点ではどちらも一致していると私は考える。」德永直〈最近關於文學的感
想（文学に關する最近の感想）〉《文藝》（1935 年 3 月號），頁 167。

3.貴司山治的反駁

　　對於德永的批評，貴司在《文藝》1935 年 5 月號發表〈「實錄文學」的主張（『実錄文学』の主張）〉予以反駁。貴司指出，德永之所以無法理解實錄文學的主張，是因為德永對於普羅文學運動裡的文學大眾化問題，未曾從 1932 年春天的結論跨出半步。所謂 1932 年春天的結論，是指小林多喜二在 1932 年 3 月發表〈為了確立「文學的黨派性」（關於德永直的見解）〉一文中對德永和貴司的批判。貴司的論述如下：

　　　　小林高調地主張，真正的文學必須立於最高的意識形態，只要文學立於這個至高唯一的觀點，就可以獲得大眾，故不必有所擔心。

　　　　小林甚至說，低水平觀點的文學無法充分去除封建的、鄙俗的大眾文學的殘渣，使得文學無法走入大眾之中。

　　　　德永在 1935 年 3 月提出「普羅小說本身既是藝術的，也是大眾的，我相信普羅小說在這個意義上是一致的」這個主張，與小林的差異是，小林只以意識形態的完成度來看待文學。但是這樣的作法並無法使文學或作家實際向上提升，因此在這大約一年之後，才會出現比較充分的方法。那就是從文學形象化的觀點（手法、題材的選擇、描寫方法等），來設法使文學達到意識形態的高峰，也就是，從探求真正藝術的各種條件的觀點，讓我們的世界觀在藝術裡得到完成。

　　　　當然，這是來自於蘇聯文學的社會主義現實主義的影響。德永主張的「既是藝術的，也是大眾的」，是從小林開始、然後經過上述的過程發展了十二年，到達了現在的立

場。所以歸根究底還是與小林的主張相同。[54]

貴司認為德永的論述「普羅文學既是藝術的，也是大眾的」，是從
小林多喜二的「真正的文學必須立於最高的意識形態」出發，接
著又受到蘇聯社會主義現實主義的影響所發展而成的。貴司跟德
永一樣認為文學的藝術性必須是「客觀世界的正確形象化」，作家
必須擁有最正確的意識形態才能達成。但他認為作家的經歷和才
能使他們達成正確的意識形態的進程有所差異。現在由於社會主
義現實主義的影響，日本普羅文壇不再一味地斥責作家，已經具
備以有效的批評方法來激勵作家們去努力達成正確的意識形態。
　　關於文學大眾化的具體方法，貴司指出，文學同好會（文學
サークル）[55]是唯一能夠保證小林 1932 年的「真正的文學必須立於

---

[54] 「文学に關する最近の感想」で德永君が文学大衆化の問題についていっているか
ぎりでは、1932 年 3 月に「文学の党派性確立のために」といふ論文を「新潮」に
書いて德永君と僕とを「批判」した時の故小林多喜二によって代表される段階に
とどまっている。／小林は真の文学は高いイデオロギーのてっぺんに立たなけれ
ばならぬ、さうした唯一最高の観点に立った文学さへ創れば必然に大衆をつかん
で行くことになるから心配には及ばぬ——といふことをそこで高調した。／そし
て低い観点の文学——封建的な卑俗な大衆文学の残滓をふるひおとし、又は高め
ることが不十分だったことがむしろ大衆の中へ文学がはいって行きづらい根と
なっている——といふやうなことさへのべている。／德永君はこれと同じ意味を
1935 年 3 月に至って「プロレタリア小説はそれ自体芸術的であるといふことと大
衆的であるといふこととは一致していると信じている」とのべておられる時の相
違で小林の時には文学をただただイデオロギーの完成の見地からだけ問題にし
たが、そのやうなやり方が文学を又作家を実際に向上させないといふことから
ここ一年ほどの間に、文学を形象化の達成（手法や題材の選択、描写の方法等）
といふ見地からやがてはイデオロギーの高所にまではひ上がらせようとする
——即ち真に芸術的であることの諸条件の探求といふ見地から、芸術におけるわ
れわれの世界観の完成が達せられるやうに、——といふより十分な方法にとって
かはってきた。／勿論これはソビエト文学の社会主義的リアリズムからの影響で
ある。德永君「芸術的であることは大衆的であることだ」といふのは小林の時か
ら如上のやうに発展している一二年目の今日の立場にいるからであって、究極的
には小林のいったことと同じことに帰するだらうと思ふ。」貴司山治〈「實錄文
學」的主張（『実録文学』の主張）〉《文藝》（1935 年 5 月號），頁 157~158。

[55] 「サークル（同好會）」是藏原惟人在 1931 年為了推廣普羅文藝運動、進而組織大
眾而提倡的作法。「サークル」一詞因藏原的指倡而普遍，變成一般化的用語。不

最高的意識形態」主張和德永 1935 年的「普羅文學既是藝術的，也是大眾的」主張的方法。但很不幸的，這個方法只做到機械的應用，文學同好會的經驗是失敗的。因此貴司提出了實錄文學的主張：

> 在 1932 年 3 月之前，我們犯了不少錯誤，（現在提倡的「實錄文學」）不是像我們曾經主張的那樣，要以此來置換普羅文學，也不是要重蹈「降低意識形態的水平來接近大眾」的覆轍。
>
> 簡而言之，實錄文學的意義在於「古今東西的實錄」及「以這種實錄為基礎來創作說書式、通俗式的小說形式之讀物」。
>
> 「實錄」不是「報告」或「筆記小說（Sketch）」，而是「不光是事件的表面現象，是將之連同其原因、影響、結果、變化等進行全面調查的記錄」。因此，這才是能夠成為正確描繪客觀世界的唯物論現實主義（在俄羅斯稱為社會主義現實主義）之基礎。[56]

過藏原所指的「サークル」不同於現今的定義，其目的是要讓黨與工會在政治上及組織上的影響能擴大到勞動者身上，而將之視為動員勞動者的輔助機構。「1931 年のナップによるプロレタリア芸術運動は、その運動をグループ内の狭いメンバーの間の交流にとどめず、一つの思想にもとづいて広く大衆を組織し影響を与えようと試みた点、またその理論的指導者藏原惟人において、はじめて"芸術サークル"が提唱され、以来"サークル"という用語が一般化した点で注目されてよい。／だがそれはことばは同じであっても、今日のサークルとは大きく違っている。藏原氏の論文によると『（サークルは）プロレタリアートの基本的組織（党及び組合）の政治的及び組織的影響を労働者の間に拡大し、その指導の下に労働者を動員するための補助機關でなければならない。』（『日本プロレタリア文学大系□』三一書房）とされている」伊藤登志夫〈サークル前史への試み〉思想の科学研究会編《共同研究・集団》（東京：平凡社，1967.6.20），頁 63。

[56] 「32 年 3 月までかつて少からぬ誤謬をおびてわれわれが主張したやうに、それを以てプロレタリア文学におきかへてしまふのだとか、イデオロギー的水準をさげることによって大衆に近づく文学を作るのだとかいふことのくり返しではない。／実録文学の意義をカンタンにいへば、「古今東西の実録」及び「かかる実録を

貴司主張實錄文學是對事件做全方面的調查，能夠正確地描繪客觀的世界，是普羅文學實踐社會主義現實主義的創作方法之基礎。實錄文學的目的是「提升勞動階級的一般文化、成為其生活發展的朋友」，為了達到這個目的，才將實錄文學與「文學的大眾化」結合起來。貴司指出，他們在 1932 年 3 月之前犯了不少錯誤，間接承認第二次及第三次論爭時提倡的普羅大眾文學論是錯誤的，而現在提倡的實錄文學不會重蹈以前「降低意識形態的水平來接近大眾」的覆轍。

4.德永直的再次批判

德永直在《文學評論》1935 年 5 月號發表〈小說學習（二）（小說勉強（二））〉，將貴司的實錄文學批評為「鄙俗的大眾化論」，認為實錄文學是貴司不相信大眾對於藝術的理解能力而衍生出來的錯誤見解。

德永主張「藝術程度愈高，就愈接近大眾」，並指出武田麟太郎在 1935 年 1 月 10 日~13 日的《東京日日新聞》與德永直對談中主張「文學在藝術程度上愈高的話，就會離大眾讀愈遠」的見解，乃意指大眾是愚蠢的，所以無法看懂藝術程度高的文學。德永則認為「普羅大眾具有理解他們自身的藝術文學的能力」。

德永進一步指出，在《文學評論》1935 年 1 月號的新人座談會出席的許多新人們，也發表了像武田麟太郎那樣的見解。德永

基礎にした說話的通俗的小說形式の読み物の創作」といふことにつきる。／実錄とは「報告」や「スケッチ」ではなくて、「事象の現象面だけでなく、それと共にその原因、影響、結果、変化等に亘る調查をとげた記錄」といふことである。そしてこれこそ、客觀世界の最も正しい描き出し方たる唯物論的リアリズム（ロシアでは社會主義的リアリズムとなっているところのもの）の基礎たりうるものである。」貴司山治〈「實錄文學」的主張（『実錄文學』の主張）〉《文藝》（1935年 5 月號），頁 162。

將這些意見稱為「大眾化否定論」，認為這是對於文學大眾化極左的見解。德永還提到另一個見解，就是貴司提倡的實錄文學，認為這是在「大眾化否定論」基礎之上變形而成的極右的主張，是一種「鄙俗的大眾化論」。德永表明，由於他手邊沒有貴司的〈「實錄文學」的提唱〉，所以只憑記憶描述了貴司對於文學大眾化主張：「一開始就將高藝術水平的普羅文學提供給大眾，是很困難的。因此必須降低水平，先給予通俗性的大眾小說，再慢慢地將大眾往上提升」[57]。德永明確表示採用大眾形式的作法是錯誤的：

> 當我們看到《國王》、《日出》、《主婦之友》等虜獲了大眾的心，就很容易陷入這種敗北的想法。以「摻水稀釋」、「降低水平」（換言之，非普羅文學）的作法來迎合大眾，會使人乍看以為是正確的。[58]

德永認為，這種「摻水稀釋」、「降低水平」的作法不算是真正的普羅文學，就像是用五成的無產階級意識和五成的資產階級意識調成的雞尾酒。不管是「大眾化否定論」或「鄙俗的大眾化論」，都是因為不相信大眾對於藝術的理解能力而衍生出來的見解。

---

[57] 「芸術的にたかいプロレタリア文学を最初から与へるのは無理だ。だからもっと調子をおろした通俗的な大衆小説で、大衆を徐々に引きあげてゆかねばならぬ。」德永直〈小說學習（二）（小說勉強（二））〉《文學評論》（1935 年 5 月號），頁 140。

[58] 「キング」や「日の出」や「主婦の友」やが大衆をトラへているのをみれば往々にしてこういふ敗北的な考え方に陥りやすいものである。「水を割り」「調子を下ろして」でも（換言すれば非プロレタリア的にだが）大衆に迎合することが、一見正しいことのやうに思はれたりしてくるものだ。」德永直〈小說學習（二）（小說勉強（二））〉《文學評論》（1935 年 5 月號），頁 140。

最後，德永指出「即使要談文學大眾化，但也不能超越一定的界限」[59]，文學的大眾化沒有捷徑，必須隨時與「主題的積極性」做結合，獲得各式各樣的形式（或樣式），以此來提升技術。雖然路途遙遠，但這是達成文學大眾化的唯一道路。

5.貴司山治的再次反駁

貴司山治在《文學評論》1935 年 6 月號發表〈給德永的一封信（德永君への手紙）〉指出，德永在《文藝》1935 年 3 月號的〈最近關於文學的感想〉指出貴司主張「藝術性或高水平的小說不具有大眾性」；再者，德永在《文學評論》1935 年 5 月號的〈小說學習（二）〉裡，將「摻水稀釋」、「降低水平」括號起來，會讓讀者以為此語出自於貴司的文章。

貴司澄清道，如同德永自述手邊沒有貴司的〈「實錄文學」的提唱〉，以上兩段話都不曾出現在貴司的文章裡，都是德永自己捏造的。貴司希望德永能夠仔細閱讀貴司在《文藝》1935 年 5 月號的〈「實錄文學」的主張〉，因為這是為了反駁德永的批判而寫出的。

筆者查閱〈「實錄文學」的提唱〉一文，確實未見德永指出的以上兩段話，而且從字面的內容上，顯然是德永對貴司的見解有所誤會。貴司在〈「實錄文學」的提唱〉曾道：「通俗文學的愛用者的中心階層，是未教養的一般勤勞大眾，還未到達理解藝術文學的程度」，這句話被德永曲解為「藝術性或高水平的小說不具有大眾性」。而「摻水稀釋」、「降低水平」（「水を割り」「調

---

[59] 「F 君の云ふところは、換言して云へば主として「文学の大衆化」といっても、それは常に一定の限度以上超へられるものではない。それは芸術性のもつ本来の運命だ——と云ひ、芸術性を半永久的なものとして強調しているのだ」 德永直〈小說學習（二）（小說勉強（二））〉《文學評論》（1935 年 5 月號），頁 135。

子を下ろして」）這句話，未見於貴司的此文之中，倒是曾經出現於第二次論爭時作家同盟中央委員會在《戰旗》1930 年 7 月號發表的〈關於藝術大眾化之決議〉裡。該決議批評貴司的普羅大眾文學是「摻水稀釋而『沖淡意識形態』（「イデオロギーを割合にゆるやかに」水を割ること）」。由此可知，德永是拿 1930 年的決議來批判貴司在 1935 年提倡的實錄文學。

我們從貴司在《文藝》1935 年 5 月號的〈「實錄文學」的主張〉的表明可知，貴司提倡的實錄文學「不是要重蹈『降低意識形態的水平來接近大眾』的覆轍」，是對事件做全方面的調查，能夠正確地描繪客觀的世界，是普羅文學實現社會主義現實主義的創作方法之基礎。也就是說，貴司將實錄文學限定在歷史小說，確實是採用了大眾形式的作法，不過貴司將實錄文學與當時日本普羅文壇積極認同的社會主義現實主義做連結，使實錄文學免於像以往那樣被批判為「輕率地因襲過去形式而扭曲了內容的階級性」，於是實錄文學得以正當化，也使得德永拿 1930 年的決議來批判貴司，已不成道理了。

6.德永直的第三次批判

德永直在《文學評論》1935 年 7 月號發表〈小說學習（四）－第三度談論文學大眾化－（小說勉強（四）－三たび文學大眾化について－）〉，承認自己在〈最近關於文學的感想〉一文中，確實有引用不充分之處，但不認為是「捏造」，因為他並非抱持著攻擊貴司的想法，而是期望貴司的提倡實錄文學能使文學大眾化論有所進展。德永指出貴司犯了跟資產階級文學者相同的錯誤，那就是將文學做了二分法：

他（貴司）無意識說道：「通俗文學、實錄文學」不過是「大眾讀物」、健康的通俗小說。……我在此要指出的是，貴司跟資產階級作家一樣，陷入了所謂「大眾文學」和「純文學」這種資產階級式的區分方式。

　　（武田和貴司）所謂的「高度的藝術」，其實是非常資產階級式的。本質優越的普羅藝術作品才是大眾的、符合大眾生活、易於理解的作品。（看看《被開墾的處女地》吧）[60]

德永認為，貴司對於實錄文學和「藝術小說」的分類，跟「大眾文學」和「純文學」的分類沒兩樣，都陷入了資產階級式的區分方式。最後，德永建議貴司應該將實錄文學視為真正的「藝術小說」，在歷史小說的領域裡創造新的形式。

7.貴司山治的第三次反駁

　　貴司在《文學評論》1935 年 8 月號發表〈文學大眾化問題的再三提起（一）反駁德永的兩三個見解（文学大衆化問題の再三提起（一）德永君の二三の見解を駁す）〉，重複其在〈「實錄文學」的主張〉裡對德永的反駁，並且明確地主張實錄文學不是「普羅通俗小說」，也不是普羅文學的「代替品」。

---

[60] 「彼（貴司）は無意識に「通俗文学、実録文学」はあくまで、「大衆読物」にすぎない。健康な通俗小説であると云っている……ぼくはここで貴司が、ブルジョア作家達と同様に、いはゆる「大衆文学」と「純文学」とのブルジョア的区別に、彼自身も同様に陥っていることを指摘したいのです。／いはゆる「高度な芸術」（武田および貴司のいふところのもの）とは、実は非常にブルジョア的なものであって、本質的なすぐれた、プロレタリア的な芸術作品は、それこそ大衆的な、大衆の生活に即した、理解されやすい作品である、（たとへば「ひらかれた処女地」をみよ）」德永直〈小説學習（四）－第三度談論文學大眾化－（小説勉強（四）－三たび文学大衆化について－）〉《文學評論》（1935 年 7 月號），頁 140~141, 143。

8.貴司山治的實錄文學與普羅大眾文學

德永在第三次批判時明確指出他並不是要攻擊貴司，而是期望貴司提倡的實錄文學能使文學大眾化論有所進展。在德永此文之後，貴司又做了一次反駁，但德永不再提出批判，第四次論爭算是在沒有具體結論下終止了。

筆者認為，雖然這場論爭沒有具體結論，但不代表它不具意義。可能是在這場論爭的刺激之下，貴司在最後一次反駁之後，陸續於《文學評論》發表兩篇關於文學大眾化的討論，分別是 1935 年 9 月號的〈藝術內的藝術大眾化論－文學大眾化論的再三提唱－（2）（芸術內の芸術大眾化論－文学大眾化論の再三提唱－（2））〉、以及 1935 年 12 月號的〈藝術外的藝術大眾化論－文學大眾化論の再三提起－（芸術外の芸術大眾化論－文学大眾化論の再三提起－）〉，提出了具體的文學大眾化的作法。

貴司在〈藝術內的藝術大眾化論－文學大眾化論的再三提唱－（2）〉承認自己以前的「降低意識形態的水平來接近大眾的大眾化論」（普羅大眾文學論）是錯誤的，被小林批評為「反而會妨礙藝術的大眾性」並沒有什麼不當。但若要克服意識形態摻水稀釋的大眾化論，並不是像小林或德永主張的「意識形態愈高就愈具有大眾性」的意見就可以解決的，因為徒具有高度的意識形態，只會讓藝術本身受到破壞[61]。貴司進一步提出列寧對於托爾斯

---

[61] 「僕らの曾て立脚した「イデオロギーを低めることによる大眾化論」が小林などによって「逆に芸術の大眾性をさまたげるものである」といはれたことは不当ではない。……イデオロギーに水を割る大眾化論を克服するのに、ただ「イデオロギーが高ければ高いほど大眾性をもつ」といふ意見を榜置することはそれ自身見当ちがひである。今もいふとほりイデオロギーは高くてもそのままの形で持ちこまれることによって芸術の大眾性どころか、芸術それ自身を破壞するのだから。」貴司山治〈藝術內的藝術大眾化論－文學大眾化論的再三提唱－(2)（芸術內の芸術

泰的評論，指出列寧雖然否定托爾斯泰在藝術裡的宗教毒素，但也對於托爾斯泰建構的高度形象予以讚賞。貴司藉由列寧對於托爾斯泰這樣的評論來提出主張：藝術的大眾性或藝術性跟作者的意識形態無關，只要完成形象性就可以實現文學的大眾化。

接著，貴司在〈藝術外的藝術大眾化論－文學大眾化論的再三提起－〉再次重申實錄文學絕對不是普羅文學，也不是無產階級的農民文學。實錄文學的階級性是「優秀的資產階級文學」，也就是「資產階級文學興盛時留下的、比較沒有扭曲的現實主義文學」，與現在完全鄙俗化、頹廢化的資產階級文學有所區別。但是，筆者從貴司以下文章裡發現，貴司想從事的仍然是以普羅大眾文學來進行普羅文學的大眾化：

> 現在的我正出動於現階段必要的工作戰線，從事實錄文學的工作，也從事《文學案內》雜誌的工作。除此之外，我也抱持著自己原本的計畫，在我自身能力及社會條件許可範圍內進行普羅文學的工作。
>
> 總而言之，有良心的文學者今後該做的工作必須是兩個戰線，一是要在藝術文學上以最大的野心多加努力，二是要為了培養更多了解藝術的人們而進行更廣泛的啟蒙工作。只要人們動員到這兩個戰線上，那麼，即使是在資本主義之下的新時代文學及普羅文學，也能「有一點兒」大眾化。[62]

大眾化論－文學大眾化論的再三提唱－(2)〉〉《文學評論》（1935 年 9 月號），頁 165。

[62] 「ぼくは、現在の段階に於ける必要な仕事の戦線に出動して実録文学の仕事もやり、雑誌「文学案内」の仕事もやって行くのだ。そしてその他にはぼくはぼく自身の力の限りと、社会的条件の許す限りのプロレタリア文学の仕事を、自己の本

雖然貴司極力將實錄文學與普羅大眾文學撇清關係，但是從「啟蒙工作」、「利用大眾形式」、「降低無產階級的意識形態」、「高級和低級的二元論」、「普羅文學大眾化的目的」幾個觀點來看，實錄文學與普羅大眾文學在本質上沒有什麼不同。也就是說，貴司在此主張藝術文學和實錄文學二元論，跟他在 1932 年 3 月之前提出的「高級的普羅文學」和「大眾的普羅文學」二元論，在本質上是一樣的。再者，貴司自述「我也抱持著自己原本的計畫，在我自身能力及社會條件許可範圍內進行普羅文學的工作」，並且主張藝術文學和實錄文學兩條戰線的目的是為了達成普羅文學大眾化。因此，筆者認為貴司「原本的計畫」就是普羅大眾文學，而實錄文學則是由普羅大眾文學變裝而成。貴司刻意不從普羅文學出發，將實錄文學設定為「優秀的資產階級文學」。因為如此一來，可以符合法西斯主義盛行之下的社會條件要求，也可以避免被批判為「無產階級意識的摻水稀釋」。不過實錄文學與普羅大眾文學有一個不同之處，那就是貴司將實錄文學的範圍縮小在歷史小說，並且規定為「不光是事件的表面現象，是將之連同其原因、影響、結果、變化等進行全面調查的記錄」，使得實錄文學提供了比貴司提倡普羅大眾文學論的時期更具體的作法。

来のプランとして持っている。／要するに、今後の良心ある文学者のなすべき仕事は、その芸術文学の上に於ける出来るだけ大きい野心的努力と、それに併せて、その芸術の理解者を作り出すためのより広汎な啓蒙的な仕事、――この二つの戦線でなければならない。そしてこの二つの戦線に人々が動員されるに従って資本主義の下における新しい時代の文学、プロレタリア文学が「いくらか」でも大衆化されて行くのだ。」貴司山治〈藝術外的藝術大眾化論－文學大眾化論的再三提起－（芸術外の芸術大眾化論－文学大眾化論の再三提起－）〉《文學評論》（1935年12月號），頁130。

二、德永直與貴司山治分道揚鑣

（一）貴司山治的執著

在 1930 年第二次論爭時，貴司山治因 1929 年開始提倡的普羅大眾文學而遭到批判。在 1932 年第三次論爭時，德永直因提倡「普羅大眾長編小說」而和貴司同時遭到批判。不過，德永對於普羅大眾文學的關注並非從 1932 年開始，德永早在 1929 年就曾經以個人名義提議組成「普羅大眾作家小組」，不過被視為「時期尚早」而沒有結果[63]。在前述第二次作家同盟大會準備期間召開的文學大眾化問題小委員會中，貴司提議應降到講談程度來創作普羅大眾小說，受到眾人的反對，但是德永表示贊成之意。尾崎秀樹認為德永的贊成是可以理解的，因為德永的作品「原本就放入很多通俗的、大眾的成分及表現方式，而且他是勞動者出身的作家，是以大眾的、具體的觀點來看問題的。貴司也具有這樣的觀點」[64]。

同樣都「以大眾的、具體的觀點來看問題」的德永和貴司，從 1929 年開始表達對普羅大眾文學的關注。即使普羅大眾文學論在 1930 年被作家同盟批判為明顯的錯誤，兩人成為《文學新聞》（1931 年 10 月 10 日發行）主要編輯委員之後，仍舊堅持以普羅

---

[63] 德永直〈普羅文學的一個方向（プロレタリア文学の一方向—大衆文学の戦線へ—）〉《中央公論》（1932 年 3 月號）。引自《日本プロレタリア文学評論集》7，頁255。

[64] 「德永の賛成はわかる。彼の作品はもともと通俗的な構成や表現を多分にとり入れたものだし、労働者出身の作家として問題を大衆的、具体的に把握する眼は、貴司同様にそなわっていた。」尾崎秀樹〈貴司山治論——無產階級大眾文學論——（貴司山治論——プロレタリア大衆文学論」）〉《大衆文学論》（東京：勁草書房，1965.6），頁 168。

大眾文學的方向在《文學新聞》上辛勤耕耘，直到 1932 年 4 月作家同盟發表〈關於與右翼危險的鬥爭之決議〉為止。〈關於與右翼危險的鬥爭之決議〉公開判定德永和貴司的見解違反作家同盟的基本方針，貴司和德永開始在 1932 年 5 月做出了自我批判，承認「使用大眾文學形式」是明顯的錯誤，而且在 1935 年第四次論爭時，貴司和德永也表示〈關於與右翼危險的鬥爭之決議〉對他們的批判是正確的。

貴司承認「使用大眾文學形式」是錯誤的，卻又提倡以歷史小說這種大眾文學形式做為範疇的實錄文學，希望藉此達成普羅文學的大眾化。基本上，這是相當矛盾的論述，讓筆者不禁懷疑貴司是否真心承認「使用大眾文學形式」的錯誤的。如同筆者在前一節指出實錄文學是由普羅大眾文學變裝而成的看法，可知貴司仍舊肯定「使用大眾文學形式」，所以他其實是以實錄文學之名行普羅大眾文學之實。

由於「使用大眾文學形式是錯誤的」這個要求只在普羅文學的理論框架裡才能成立，既然實錄文學不是普羅文學，便可以堂而皇之地使用大眾文學形式。貴司在面對既提倡實錄文學又反對「使用大眾文學形式」的這個矛盾時，以「實錄文學不是普羅文學」這個說法來予以化解。如同田村裕和指出的，「創作大眾想要閱讀的文學」是貴司一輩子都在努力的主題[65]，貴司將普羅大眾文學論帶進普羅文學領域，以他自己的方式不斷地實踐著。

---

[65] 「「大眾に読まれる文学」をその生涯のモチーフとして持ち続けた作家貴司山治」田村裕和〈翻刻 貴司山治「新段階における根本方針と分散的形態への方向転換」（一九三四年・未発表原稿）〉（特集 プロレタリア文学）《立命館文学》614 号（京都：立命館大学人文学会，2009.12），頁 359。

（二）德永直為何批判貴司山治

　　自從 1934 年納爾普解散以來，從 1935 年 1 月到 12 月之間，森山啟、久保榮等人針對社會主義現實主義是否適用於日本而展開論爭的同時，創刊於納爾普解體之時的《文學評論》及其他普羅文學雜誌已開始摸索社會主義現實主義如何成為新的藝術方法。身為《文學評論》主要編輯的德永直也表現出對社會主義現實主義的肯定，但貴司山治卻表示自己無法依照社會主義現實主義的進行創作。貴司提到他對於社會主義現實主義的態度：

> 雖然我已經從普羅文學理論退出（在我自身的實踐上，理論已經是社會性的破滅），但是我一直是想寫普羅小說的，現在也是。德永那種特別的狀況另當別論，我無法厚臉皮地高舉社會主義現實主義的旗幟來書寫合法範圍的普羅小說。[66]

貴司所謂的「已經從普羅文學理論退出」，應該是指他於 1934 年 5 月 10~13 日在《東京朝日新聞》發表〈維持法的發展與作家的立場〉，表明不再從事政治性活動之事。中野重治曾經指出貴司的心態：貴司認為德永是一路看著日本勞動階級過去數十年來的成長過程，使用社會主義現實主義的方法來做為創作方法，是理所當然的[67]。根據林淑美的研究，貴司以「題材的選擇」來看待社會主

---

[66]　「プロレタリア文学理論から退いても（理論は僕自身の実践において、社会的に破れたのだ）僕はしかし、プロレタリア小説は書くつもりでいたし、今もいる。ただし、徳永君のやうな特別な場合は別として合法的に書きうる範囲のプロレタリア小説を社会主義的リアリズムの旗におし立てる鉄面皮性は僕にはない。」貴司山治〈1934 年を送る―作家の私記―〉《文化集團》（1934 年 12 月號）。引自林淑美《中野重治　連続する転向》（東京：八木書店，1993.1），頁 264。

[67]　中野重治〈對於三個問題的感想（三つの問題についての感想）〉《文學評論》（1935

義現實主義的「方法」，認為必須以勞動階級的本質性做為題材，而自己不具有描寫這個題材的主體條件，因此無法以社會主義現實主義為方法來進行創作[68]。就這樣，德永直迎向了社會主義現實主義，而貴司山治拒絕了，並且從 1934 年 11 月開始提倡實錄文學，兩人就此分道揚鑣，並且引發了第四次論爭。

關於德永批評貴司的理由，尾崎秀樹曾經做出以下的解讀：

> 德永可能是想要一掃過去「右傾偏向」的印象，或者因為其勞動者出身作家的身分而具有頑固的錯誤理解，他以「回歸到被小林多喜二批判當時的原則」為主軸，將貴司的提倡「實錄文學」批判為假借「文學大眾化」之名的鄙俗大眾化論。[69]

如同筆者前述，從字面的內容上，看起來確實是德永對貴司的見解有所誤會。但筆者認為，我們若能進一步看穿貴司其實是以實錄文學之名行普羅大眾文學之實，就會認同德永拿 1930 年的決議來批判貴司在 1935 年提倡的實錄文學，其實是極為恰當的。

再者，姑且不談尾崎秀樹「其勞動者出身作家的身分而具有頑固的錯誤理解」這個說法多麼具有詆毀性，筆者認為德永就是因其勞動者出身作家的身分，才能堅持無產階級的限度，主

年 3 月號），頁 163。

[68] 林淑美《中野重治 連続する転向》（東京：八木書店，1993.1），頁 265。

[69] 「しかし德永は過去における「右翼的偏向」の印象を一掃するためか、それとも労働者出身の作家らしい頑固な思いちがいからか、小林多喜二に批判されたおりの原則への回帰を軸にして、貴司の「実錄文学」提唱を、「文学大眾化」論に名をかりた卑俗的な大眾化論だと批判する。」尾崎秀樹〈貴司山治論──無產階級大眾文學論──（貴司山治論──プロレタリア大眾文学論」）〉《大眾文学論》（東京：勁草書房，1965.6），頁 173。

張「即使要談文學大眾化，但也不能超越一定的界限」。中川成美指出，德永直之所以在〈普羅文學的一個方向——前往大眾文學戰線——〉提倡大眾文學戰線，是因為德永對於日本普羅文壇不重視讀者的意識及嗜好之事感到焦急，才會一舉提倡建立普羅大眾文學[70]。筆者認為，德永經過 1932 年小林多喜二等人的批判，認清了採用大眾文學形式是錯誤的，必須要在一定的限度內談論普羅文學的大眾化，因而揚棄以往與貴司山治共同提倡的普羅大眾文學論，轉而接受社會主義現實主義。

三、普羅大眾文學論的意義

綜觀 1930 年代日本普羅文壇發生的四次文藝大眾化論爭，隨著日本普羅文學運動逐漸被政治主義思潮佔據，前三次論爭的結論不斷地往左偏向，直至 1934 年納爾普及克普解散為止。1934 年以後，普羅文學運動在法西斯主義風暴下受到箝制，但從另一個面向來看，普羅文學理論因文學運動組織實體的消失而脫離政治束縛，可以更自由地探討普羅文學大眾化的具體作法。就像貴司山治，開始思索新的文化運動形態，進而提出了實錄文學論。第四次論爭經德永批判、貴司反駁三次往返之後，在沒有具體結論的情況下終止了。但是筆者認為貴司由於這場論爭的刺激，進一步地提出文學大眾化的作法，使得文學大眾化論得到具體的呈現。另一方面，德永接受了社會主義現實主義，也提出了具體的實踐作法，是文學大眾化論另一面向的呈現。第四次論爭使得文

---

[70] 「吸い寄せられる読者の意識と嗜好になぜ目を向けないかという徳永の焦燥は、一挙にプロレタリア大衆文学の樹立という観点に結ばれていってしまったのだ。」中川成美〈〈大衆〉とは誰のことか〉《国文学解釈と鑑賞》第 75 巻 4 号（東京：至文堂，2010.4），頁 73。

學大眾化論得以具體化、實踐化，比起前三次論爭的理想論來得更具意義。

　　另外，大眾文學家出身的貴司自始至終提倡的普羅大眾文學論，突破了藏原及小林等人以黨的優位性出發的理論框架，提供以大眾文學的方法來讓大眾自發性閱讀普羅文學的可能性。王志松的研究指出，「就世界範圍來看，這場爭論較早地從普羅文學的立場涉及到了『大眾文學』的理論問題，應該說從一個側面豐富了馬克思主義文藝理論」[71]。由此可知，普羅大眾文學論豐富了馬克斯主義文藝理論，並且提供了具體的實踐作法，在日本普羅文學理論建構上具有不可抹煞的意義。

四、德永直接受社會主義現實主義

　　德永直於 1933 年 9 月在綜合雜誌《中央公論》發表〈創作方法上的新轉換（創作方法上の新転換）〉，援用蘇聯文藝評論家吉爾波丁的社會主義現實主義論，對於藏原惟人在《納普》1931 年 9 月號、10 月號連載的〈對於藝術方法的感想〉以及承襲於此的納普指導部的政治主義做出強烈的反抗。德永指出，自從藏原惟人在〈對於藝術方法的感想〉提倡唯物辯證法創作方法以來，日本普羅文學家為了理解這個創作方法，做了極大的努力卻不得其門而入：

　　　　就像兩年前一樣，〈對於藝術方法的感想〉在現在仍然是
　　　　「金科玉律」。今年藏原在獄中[72]寫信回覆那些痛苦不已的

---

[71] 王志松〈大眾文學的"民眾欲望"表達及其藝術性——"文藝組織生活論"與日本左翼的"文學大眾化"爭論〉《俄羅斯文藝》2006 年第 02 期。

[72] 藏原惟人在 1932 年因普羅文學運動受到鎮壓而被檢舉，依違反治安維持法而被判 7 年徒刑。其間沒有表明「轉向」，服刑期滿後出獄。

作家所提出的問題，信中的意思大約是——愈來愈寫不出
小說，真的很可憐。但這不是唯物辯證法創作方法的錯，
而是你們還未確實理解它——。果然評論家是幸福的！／
為了理解「唯物辯證法創作方法」，我們的作家花費了多
大的努力啊？……看看我們達到的是什麼，那就是我們終
於了解這個創作方法的提倡是多麼的機械、多麼的觀念。[73]

德永指出，自從提倡唯物辯證法創作方法以來，日本普羅文學家
花了一年半的時間埋首其中，卻只發現唯物辯證法創作方法這句
話本身完全沒有任何具體性。德永援用來批判藏原的論述是吉爾
波丁 1932 年 10 月全蘇作家同盟第一次大會發表的報告演說，文
中引用吉爾波丁對於唯物辯證法創作方法的批判：

我們贊成藝術裡的「辯證法的唯物論」，但是「辯證法的創
作方法」是錯誤的口號。它將事態給單純化，將藝術創作
與意識形態上的企圖之間的複雜關係，以及作家與其自身
階級的世界觀之間複雜的依存關係，化為抽象地、自動地
作用的法測……不論作家自身的世界觀如何，作家總能在
藝術上達到正確的結論。……藝術的複雜性不允許被單純

---

[73]　「「芸術方法についての感想」は、二年前と同じく、今日も「金科玉条的」な
のである。今年藏原は獄中から、くるしんだ作家の質問手紙にこたえて——小
説が益々書けなくなったとはお気の毒であるが、それは唯物弁証法的の創作方法
のせいではなくて、卻ってそれをよく理解しない点にあるのだ——という意味
を述べている。まことに批評家は幸福でないか！／「唯物弁証法的の創作方法」
の理解のために、わが作家たちがいかなる努力を払ったか？……ぼくらが到達
したところからみれば、この創作方法の提唱が、如何に機械的であり観念的で
あったかが分かる。」德永直〈創作方法上の新転換〉，《中央公論》（1933.9）。
引自 新日本出版社編集部編《日本プロレタリア文学評論集》7 巻（東京：新日
本，1990.7），頁 267。

化。因為藝術上的形式是屬於本質性的。[74]

吉爾波丁認為唯物辯證法創作方法無視於藝術的複雜性，以抽象的法則來消除藝術創作與意識形態之間的複雜關係、以及作家與其本身對階級的世界觀之間複雜的依存關係。德永指出，藏原惟人的〈對於藝術方法的感想〉寫於兩年前，受到當時蘇聯最左翼的拉普（俄羅斯無產階級作家協會）[75]書記長暨理論指導家奧爾巴赫提倡的機械論的壞影響，將藝術的複雜性予以單純化，是機械的、觀念的謬誤。如今藏原惟人提倡的唯物辯證法創作方法已然成為作家同盟的理論基礎，因此必須予以批判才行。德永主張驅除機械論及觀念論，要求在創作方法上的新轉換：

> 讓我們消滅主觀的、觀念論的毒蟲吧！讓我們掃滅群聚於稻穗裡的蝗蟲吧！若不如此，普羅文學終將從根部乾涸而死！讓我們驅逐機械論！即便是現今蘇聯提倡的創作方法上的口號「社會主義現實主義和革命浪漫主義」，也不可以突然地引進來。因為這些口號是符合蘇聯的社會情勢、也就是符合執行第二次五年計畫之下的社會主義社會裡的大眾現實的口號。我們首先必須照應日本和俄羅斯之

---

[74] 「われわれは芸術における「弁証法的唯物論」には賛成である。しかし「弁証法的創作方法」というスローガンは間違ったスローガンである。それはその事態を単純化し、芸術の創作とイデオロギー上の企図との複雑な關係、作家と彼自身の階級の世界觀との複雑な依存關係を、抽象的な、自動的に作用する法則へと化し去る……作家は屢々彼自身の世界觀の如何に拘らず芸術において正しい結論に達することが屢々ある。……芸術の複雑性を単純化してはならぬ。芸術における形式は本質的方面なのだ。」德永直〈創作方法上の新転換〉，《中央公論》（1933年9月號）。引自 新日本出版社編集部編《日本プロレタリア文学評論集》7卷（東京：新日本，1990.7），頁273。

[75] 「拉普」（ラップ）：俄羅斯無產階級作家協會、ロシア・プロレタリア作家協会、或ロシア・プロレタリア作家同盟的簡稱。

間的這個差異、大眾生活在客觀現實上的差異、以及特殊的上層結構之文學藝術被自行規定的界限。

　　我認為我們必須從無產階級現實主義（プロレタリアリアリズム）重新出發才行。這絕對不是走回頭路，也不是「重來一次」，而是為了再次踏穩大地。

　　在今日我們更要在新的大眾「生活中學習」。只要正確地反映無限豐富的事實，主題的積極性就會由此而生。……讓我們踢開文學批評的官僚式支配，悠然自由地大大創作一番吧。[76]

德永認為即使要轉換新的創作方法，也不應重踏藏原引進唯物辯證法創作方法時的機械論，必須關照俄羅斯和日本之間社會現實上的差異，因此主張從「無產階級現實主義」重新出發，這樣才能重新踏穩大地。

　　德永主張的「無產階級現實主義」，是藏原在 1931 年提倡唯物辯證法創作方法欲取代的對象。藏原在《戰旗》1928 年 5 月號發表

---

[76]　「主観的、観念論的毒虫を退治せよ！稲穂にむらがるウンカを掃滅せよ！そうしなければ、プロレタリア文学はついに根元から涸渇してしまうであろう！機械論を駆逐せよ、たとえば今日、ソヴェートで唱えられている創作方法上のスローガン、「社会主義的リアリズムと革命的ロマンチシズム」も、いきなり持ってきてはならぬ。これらのスローガンは、ソヴェートの社会情勢第二次五ヵ年計画を遂行しつつある、社会主義的社会の、大衆の現実に即したスローガンなのだ。日本とロシアとのこの差違、大衆の生活、客観的現実の相違—そして、特殊な上部構造たる文学芸術の自ら規定さるる限界—。これらがまずもって照応されなければならぬ。／ぼくらは、プロレタリアリアリズムから出発しなおさなければならぬと考える。これは決して逆転の意味でも、「やりなおし」の意味でもない。再び大地へ足を踏みづけるためなのだ。」「今日もなお新しい大衆の「生活に学ん」でゆかねばならぬ。無限に豊富な現実を正しく反映しえてこそ、主題の積極性も生きてくるのだ。……文学批評の官僚的支配を蹴って、のびのびと、自由に、ぼくらは大いに創作しようではないか。」徳永直〈創作方法上の新転換〉，《中央公論》（1933 年 9 月號）。引自 新日本出版社編集部編《日本プロレタリア文学評論集》7 巻（東京：新日本，1990.7），頁 274。

〈前往無產階級現實主義之路（プロレタリア・レアリズムへの道）〉中提倡的「無產階級現實主義」，其定義為：「第一，要以無產階級前衛的『眼光』來觀看世界；第二，要抱持嚴正的現實主義者的態度來描寫。——這就是無產階級現實主義者惟一的道路」[77]。藏原為了克服舊的現實主義（資產階級現實主義），提出了新的現實主義（無產階級現實主義），要站在階級的觀點來客觀地描寫現實。陳順馨的研究指出，藏原惟人提倡的「『新寫實主義』（筆者注：即「無產階級現實主義」）的理論前提有明確的無產階級『目的意識』，也把藝術看作組織生活的手段，但主張不要忽略藝術反映生活的需要，重視作品的真實性與客觀性」[78]。德永想要回歸的，就是這個具有階級意識又能重視作品的真實性與客觀性的起點，要從這個起點開始探求新的創作方法。也就是說，德永關照日本和蘇聯在社會現實上的差異，發現日本還未達到蘇聯那種已經成為社會主義社會的現實，不應完全依循蘇聯當時對社會主義現實主義的所有主張，而應站在無產階級現實主義這個起點來吸收社會主義現實主義。在此可以看出德永並非機械地接收社會主義現實主義，而是試著想從這個理論之中轉化出適合日本普羅文壇適合的創作方法。

第二節　楊逵的文藝大眾化主張

楊逵從 1934 年 11 月開始至 1937 年下半年為止，陸續發表了

---

[77] 「第一に、プロレタリア前衛の「眼をもって」世界を見ること、第二に、厳正なるレアリストの態度をもってそれを描くこと——これがプロレタリア・レアリズムへの唯一の道である。」藏原惟人〈前往無產階級現實主義之路（プロレタリア・レアリズムへの道）〉《戰旗》（1928 年 5 月號）。引自　新日本出版社編集部編《日本プロレタリア文学評論集》4 巻（東京：新日本，1990.7），頁 124。

[78] 陳順馨《社會主義現實主義理論在中國的接受與轉化》（合肥：安徽教育，2001.4），頁 22。

關於文藝大眾化的論述，其中以 1935 年發表的論述最多。因此在討論楊逵對於日本文藝大眾化的吸收和轉化之前，應先了解 1935 年（昭和 10 年）前後的日本普羅文壇的概況。

一、1935 年前後的日本普羅文壇概況

根據新潮社辭典的解說可知，日本昭和初期的文學史有一個特徵，那就是一種名為「大眾文學」的新小說形式急速地發展開來。這是從谷崎潤一郎提倡的小說娛樂說延伸而來，吉川英治、大仏次郎、直木三十五、三上於菟吉等新作家形成了一股有別於純文學的另一個獨立王國，形成了純文學與大眾文學的對立狀況。昭和初期存在著許多對立狀況，如人生派與藝術派的對立、新世代與舊世代的對立、資產階級文學與無產階級文學的對立、純文學與大眾文學的對立等。這些元素層疊交錯，使昭和初期的文壇呈現錯綜複雜的面貌。不過在 1935 年左右，開始出現了整合的意見。例如橫光利一的〈純粹小說論〉提出大膽的試論，企圖將純文學與大眾文學統一起來；小林秀雄的〈私小說論〉提出社會派（普羅文學）和藝術派（私小說及現代主義文學）的整合論，結果形成了「已社會化的自我」這種個人主義文學的提倡[79]。

當昭和文學進入戰爭時期的昭和 10 年代之後，永井荷風、島崎藤村、志賀直哉等人展現了既成文壇的潛勢力，而現代主義文學派也有很多新人從新興藝術派、新心理主義等流派竄出頭來。在文學主張方面，有藝術派提倡的行動主義文學、舍斯托夫的存在主義等。至於當時日本普羅文壇的狀況，可以從德永直以下的

[79] 新潮社辭典編集部編《新潮日本文學辭典》（東京：新潮社，1996.9），頁 658。

描述得到具體的了解：

> 現在整個日本普羅文壇，出現了最明顯的理論對立，那就
> 是森山啟和龜井勝一郎的對立，前者主張「確立社會主義
> 現實主義」，後者主張「將普羅文學和資產階級文學的區分
> 予以撤除也無所謂」。這個決定性的對立，可能會從兩個理
> 論的對立發展出更大的決裂。[80]

自從 1934 年納爾普解散以來，日本普羅文壇除了社會主義現實主
義理論的出現之外，還有浪漫主義思潮的抬頭，龜井勝一郎、林
房雄等日本浪漫派提倡浪漫思潮的復活及反進步主義，強調官能
的美感，文學活動以藝術至上主義為最高境界，這個主張受到森
山啟、德永直等人的批判。有些普羅作家雖然沒有像龜井勝一郎、
林房雄等人那樣脫離普羅文壇，卻開始對於過去普羅文學欠缺的
文學之多樣性、獨特性、複雜性相當感興趣，並且出現主觀式、
內省式的傾向，德永將這些都斥為「藝術至上主義」，主張應予以
對抗。

　　另一方面，1935 年前後正值前述日本第四次文藝大眾化論爭
發生期，因德永直批判貴司山治提倡的實錄文學而起。當時已接
受社會主義現實主義的德永堅持普羅派的現實主義，認為「即使
要談文學大眾化，但也不能超越一定的界限」，不但批判藝術派的

---

[80] 「現在、プロレタリア文壇全体のうちで、もっともハッキリした理論的対立は、
森山啟対龜井勝一郎であるが、そしてこの前者の所論である「社会主義的レアリ
ズムの確立」と、後者の「プロレタリア文学とか、ブルジョア文学とかいふ区別
など撤去しても差し支へないといふ所論とは、決定的に対立するもので、恐らく
はこの二つの理論の対立から、大きな裂めが生れるだらうとかんがえられる」德
永直〈普羅文壇的人們（プロレタリア文壇の人々）〉《文學評論》（1934 年 12 月
號），頁 197。

藝術至上主義，也批判了貴司以大眾文學形式進行的實錄文學論。如同筆者前述的，貴司乃是以實錄文學之名行普羅大眾文學之實，試圖採用大眾文學的形式實踐普羅文學大眾化。但這並不意味貴司拋棄了普羅派的立場，因為這是他為了普羅文學大眾化所做的努力。儘管德永和貴司在理念上有所出入，但是皆從普羅派的立場而發，兩人對於普羅派的堅持和努力都應受到正面的評價。

二、楊逵的文藝大眾化主張

　　普羅文學風潮在 1934 年消退之後，1935 年前後的日本文壇由純文學、大眾文學、普羅文學等各種元素交錯組成。雖然普羅文學勢微，但仍可以看到德永直為堅持普羅派現實主義而批判藝術至上主義，以及貴司山治試圖在困境下推展普羅文學大眾化。德永的堅持和貴司的柔軟，都被楊逵繼承下來，在台灣這塊更不利於推廣普羅文學的土地上繼續耕耘。綜觀楊逵發表的文藝大眾化論述，可以看出德永和貴司的影響，但也可發現楊逵經過轉化之後的應用。本小節將從楊逵文藝大眾化論述裡提及的日文文獻出發，從楊逵回應日本文壇的時間點及論述內容兩方面，審視楊逵如何回應及呈現何種文學立場，考察他從吸收到轉化的過程。

（一）反對藝術至上主義

　　楊逵在《台灣文藝》1935 年 2 月號發表〈藝術是大眾的（芸術は大眾のものである）〉，提到日本普羅派文學家受到純文學影響而出現藝術至上主義的傾向，只有德永直少數人努力維護真正的普羅文學：

藝術派主動積極地活動時，無產階級派創設了自己的雜誌（《文化集團》及《文學評論》），卻差一點變成自己所反對的對象，不從階級的角度來看文學，而變成藝術至上主義的俘虜，這種現象令人感到悲哀；德永直氏等人在這種情況下，為了擁護真正的藝術而苦鬥的情形是悲壯的。(〈新人座談會〉《文學評論》)[81]

宮本百合子也曾指出，在《文學評論》1935 年 1 月號刊載的新人座談會中，文學家對於過去普羅文學欠缺的文學多樣性、獨特性、複雜性相當感興趣[82]。筆者翻閱《文學評論》1935 年 1 月號裡刊載的〈1934 年的批判和對 1935 年抱負　新人座談會（三四年度の批判と三五年度への抱負　新人座談会）〉得知，平田小六主張文學的一般水平必須更加提升才行，能否立刻讓農民讀懂之事，並非小說之罪，只要三人讀懂即可；橋本正一重視隱藏在文字背後的氛圍，主張應進行像繪畫般的細部描寫[83]。楊逵提及「不從階級的角度來看文學，而變成藝術至上主義的俘虜」，就是在指涉普羅文學家平田小六及橋本正一等人提倡普羅派反對的藝術至上主義。這個現象令楊逵感到悲哀。相對於此，島木健作和德永直

---

[81] 「芸術派が能動的に積極的に進出しやうとする時、プロ派が自分のジャーナリズムを創設（文化集團及び文学評論）しながら、ミイラとりがミイラになりかけたこと、階級的に文学を見ずして、芸術至上主義の捕虜にされんとする現象は悲しむべきであり、德永直氏外少人數が、その間において、本来の意味に於ける芸術擁護の為めに苦闘されている様は、悲壯なものである。(文学評論新人座談会)。」楊逵〈藝術是大眾的（芸術は大眾のものである）〉《台灣文藝》(1935 年 2 月號)。引自 彭小妍編《楊逵全集》9 卷（台南：文化保存籌備處，2001），頁 132。

[82] 宮本百合子〈新年號的《文學評論》及其他（新年号の『文学評論』その他）〉《文學評論》2 卷 2 号（東京：ナウカ社，1935.2）。引自 青空文庫（http://www.aozora.gr.jp/），2011.11.22 查閱。

[83] 〈1934 年的批判和對 1935 年抱負　新人座談會（三四年度の批判と三五年度への抱負　新人座談会）〉《文學評論》(1935 年 1 月號)，頁 3-4, 17。

在座談會中反對藝術至上主義的傾向。島木健作期待出現「無產階級式的、具有單純明朗性的作品」、「單純、明快的言詞、容易讀懂、而且是藝術的」作品，而德永直主張「能夠樸實地表現很多思想的，才是藝術的正道」、「一切崇高的藝術原本就是非常單純樸實的，我相信最簡單明瞭的就是最崇高的」[84]。楊逵提到「德永直氏等人在這種情況下，為了擁護真正的藝術而苦鬥的情形是悲壯的」，指的便是德永和島木等少數人為了擁護普羅文學所做的努力。也就是說，楊逵認為的「真正的藝術」，便是德永和島木的主張：在無產階級意識之下以單純樸實、簡單明瞭的手法表達高度的思想。

從回應時間來看，《文學評論》1935 年 1 月號刊載〈1934 年的批判和對 1935 年抱負　新人座談會〉之後，楊逵立即在《台灣文藝》1935 年 2 月號發表〈藝術是大眾的〉，足見他對日本文壇的關注具有即時性。從回應內涵來看，楊逵對於普羅文學派受純文學影響而產生的藝術至上傾向做出批判，並且讚揚德永直等少數派的普羅文學主張，以此表達自己堅守普羅文學立場的文學理念。由此可以看出前述德永直堅持普羅派現實主義的態度，對楊逵具有啟發性。

（二）重視作品主題的社會性

楊逵在《台灣文藝》1935 年 4 月號發表〈文藝批評的標準（文芸批評の基準）〉，主張評論家是為了作品而存在，文藝評論應以讀者大眾為對象，並且引用島木健作在〈雜感（雜感）〉裡的見解，主張評定作品好壞的標準在於讀者大眾的反響。島木健作

---

[84] 〈1934 年的批判和對 1935 年抱負　新人座談會（三四年度の批判と三五年度への抱負　新人座談会）〉《文學評論》（1935 年 1 月號），頁 9, 20。

在《文學評論》1935 年 3 月號發表〈雜感（雑感）〉，談論優秀的普羅文學應具備的資格：

> 我認為，優秀的普羅文學具備的首要資格是作品煽動讀者的程度，也就是煽動讀者走向正確方向的激烈程度。煽動方法並非只有一種，而是複雜分岐的。……煽動程度最激烈的文學，形象化的程度是最高的，是最優秀的藝術品。
>
> 〈第一章〉和〈×生活者〉這兩篇文章有相通之處，我很感興趣地認為，兩者在給予感動上也是相通的。……這些文章是我們應該學習的普羅文學典型之一。……現今的普羅作家可能受到很多外國作家或藝術派作家的影響、或者是為了蘊釀藝術性的氣氛，總是傾向於嘗試拐彎抹角的表現手法。我認為普羅作家應該重新思考。……簡單又能表現複雜的況味、明朗又富有細膩的陰影、輕盈又不浮誇，雖然要寫出這樣的文章相當困難，但這才是普羅文學裡優秀的文章。[85]

---

[85] 「すぐれたプロ文学の持つ資格の第一として私はその作品が読むものをアジる力の度合をあげる。正しい方向へのアジり方のはげしさである。そのアジり方はもとより一本調子ではなく複雑多岐だ。……もっともアジり方のはげしい文学は、形象化の度合ひからいってももっとも高い、芸術品としてもすぐれているものである。／「第一章」の文章と「×生活者」の文章とに共通したものがあり、与ふるところの感銘にも相通じたものがあるのを感じ、面白くおもったのである。……これらの文章は、プロレタリア文学の文章の一つの典型として我々の学ぶべきものである。……いろいろな外国作家や芸術派の作家の影響をうけ、又、芸術的な雰囲気をかもし出すためにか、わざわざ持ってまはった表現をさへ試みがちな、今日のプロレタリア作家は考へなほしてみる必要があらう。……簡単にして複雑な味を出し、明朗にして細やかな陰翳に富み、軽くしてしかも浮調子にならぬ文章、むづかしいがかくのごときがプロレタリア文学のすぐれた文章なのであらう。」島木健作〈雑感（雑感）〉《文學評論》（1935 年 3 月號），頁 110~112。

島木認為，中野重治的〈第一章〉和小林多喜二的〈黨生活者〉不採用拐彎抹角，迂迴的手法，就能呈現高度的形象化，是煽動性最激烈的文學、最優秀的藝術品。島木指出當時普羅作家受了外國作家或日本藝術派影響而喜用拐彎抹角的表現手法，就是德永直斥為藝術至上主義的寫法。島木希望這些作家能夠學習這兩篇作品所呈現的創作典型來寫出真正的普羅文學。島木這篇發表於 1935 年 3 月號的〈雜感〉延續他在 1935 年 1 月《文學評論》座談會對於優秀的普羅文學的討論。也就是說，島木在 1935 年 1 月指出優秀的普羅文學應是「無產階級式的、具有單純明朗性的作品」的兩個月後，以具體的文學作品論證這種普羅文學作品具有高度的形象化，能達到最激烈的煽動性。

楊逵認同島木對於優良普羅文學的看法，並進一步談論如何評定作品好壞：

> 評論家或作家在評論分析一部作品時，應釐清該作品主題的社會性，並追究主題發揮的程度、讀者的反響或未得到好評的原因，以此作為自己或別人創作時的參考，並且提升讀者的水準。（以上有時講文藝，有時講藝術，但至少就這種泛論而言，我的見解可以通用在所有藝術方面，特此說明）[86]

---

[86] 「批評家或は作家が該当作品を批評し、分析するのは、その作品の持つテーマの社会性を究め、そのテーマの生かし工合、読者に与へる反響又は不評の根拠をつきとめ、もって自分又は他人の創作の為めの一つの参考に供し、併せて、読者の水準を高めるにあると言はねばならぬ。（以上のところによって文芸と言ったり、芸術と言ったりしたが、斯る一般論である限り、私の見解は芸術一般に通用すると言ふことを特につけ加へて置く。）」楊逵〈文藝批評的標準（文芸批評の基準）〉《台灣文藝》（1935 年 4 月號），頁 162。

楊逵認為文藝評論的作法應該是先釐清作品主題的社會性，在確實掌握無產階級的世界觀之後，才來追究該作品發揮該主題的程度，並且審視讀者對於該作品的反應程度。這樣的評論作法可以提供作家創作時的參考，也可以提升讀者的水準。楊逵表示，自己在這篇談論文藝評論的文章裡，之所以時而談文藝（即文藝評論）、時而談藝術（即文學創作），是因為這些見解可以適用於所有藝術。筆者認為，楊逵站在整體藝術的觀點談論文藝評論，所以才會將文藝評論和文學創作放在一起談。換句話說，楊逵對於文藝評論的見解，同時也適用於文學創作。

從回應時間來看，當島木健作在 1935 年 3 月發表〈雜感〉之後，楊逵在 1935 年 4 月以〈文藝批評的標準〉表達贊成之意，表示他能夠即時地回應日本文壇。從回應內涵來看，楊逵認為評定作品好壞的第一步是釐清作品主題的社會性，看它是否確實掌握無產階級的世界觀。這是奠基於前述「反對藝術至上主義」見解的進一步闡述，作者必須從無產階級的世界觀出發，讓作品的主題具備社會性，才有可能成為一部好作品。如同德永直為了堅持普羅派現實主義而反對藝術至上主義的態度，楊逵為了固守無產階級世界觀的立場而要求作品主題的社會性，兩人都從普羅文學的立場進行了思考。

（三）掌握屹立不搖的世界觀

現實（リアリズム）是什麼？這是不管藝術派或普羅派作家都在尋求解答的問題。楊逵在〈新文學管見〉的「作家和世界觀（作家と世界觀）」章節中，批評中河與一的「偶然文學論」曲解馬克斯主義的必然論，並指出「真實的現實主義」（真実なるリアリズム）必須站在屹立不搖的世界觀才行。楊逵提到的中河與一

文章是發表於《新潮》1935 年 7 月號的〈偶然文學論（偶然文學論）〉：

> 當我們將事物的本質視為偶然時，那麼只有具有該本質的「不可思議」才是「現實」。亦即，今日我們在追究對照時，就會遇到具有事物本質的真實（真実）之「不可思議」，這才是唯一的「現實」。我們必須透過追究真實的方式來到達「不可思議」的境界。唯有透過這樣的解釋，我們才能理解自古以來眾多偉大的作品。他們的藝術所具有的真實，全部都是具有真實的「不可思議」。[87]

中河與一在此提出的是其做為「現實」論的「偶然文學論」。黑田俊太郎的研究為我們指出中河與一偶然文學論的定義，即「能夠活生生地描寫受『偶然』支配的『宇宙本質』（即真實）的『藝術』乃為永恆之物」[88]。黑田俊太郎指出，1934 年普羅派關於「現實」的討論觸發中河對於「現實」的思考而形成了偶然文學論。自從蘇聯在 1932 年將社會主義現實主義做為蘇聯文學的基本創作方法以來，日本普羅文學派從 1934 年開始針對社會主義現實主義的適

---

[87] 「ものの本質を偶然と考へる事によって、そこに本質の持っている不思議を囚へるのみがリアリズムであると考へる。即ち今日では対照を追窮する事によって、物の本質であるところの真実の不可思議に突き当ること、これのみがリアリズムでなければならない。真実を追窮する事によって、不思議に到達するものでなければならない。斯く解釈する事によってのみ、吾々は古来の偉大なる作品の数々を理解する事が出来る。彼等の芸術が持っている真実とは、悉くが真実が持っている不思議である。」中河与一〈偶然文学論（偶然文学論）〉《新潮》（1935 年 7 月號），頁 116。

[88] 「『偶然』に支配された『宇宙の本質』＝真実を活写した『芸術』は永遠なものとする〈偶然論〉」（頁 26）黒田俊太郎〈戦時日本浪漫論述の側面—中河與一的「永遠思想」、變相的「現實」（戦時下日本浪漫派言説の横顔—中河与一の〈永遠思想〉、変相される〈リアリズム〉）〉《三田國文》50（東京：慶應義塾大学国文学研究室，2009.12），頁 14-31。

用問題進行議論，而且藝術派與普羅派在「文藝復興」口號下也開始聚焦討論「現實」的問題。也就是說，偶然文學論是中河受到 1934 年現實議論風潮而展開思考的結果。對於中河認為現實受偶然支配的看法，楊逵在 1935.7.29~8.14 的《台灣新聞》發表〈新文學管見〉提出反對意見：

> 雖然中河與一在〈偶然文學論〉(《新潮》7 月號) 中說了「真實」(真実) 就是「追尋偶然迎向不可知的世界」之類的話，但我認為「探究偶然迎向必然之路」才是「真實」。……若是悲憫人類的不幸、欲追求更好的人類生活的話，就必須以屹立不搖的世界觀來掌握「真實的現實主義」(真実なるリアリズム)。「真實的現實主義」是邁向無限進步的道路，是與無產階級共同邁進的道路，也是清算利己主義的道路。[89]

楊逵面對這股關於現實的議論風潮，自然也有自己的思考。他不認同藝術派中河與一的偶然文學論，將現實的問題拉回普羅文學的框架內談論。他主張以屹立不搖的無產階級世界觀來掌握現實，認為惟有客觀描寫社會現實的必然性，才是真實的現實主義。在此可以看出楊逵是站在普羅派的世界觀進行的思考。楊逵要求以無產階級的世界觀來掌握現實，與德永直在 1933 年 9 月以〈創

---

[89] 「中河与一氏は「偶然文学論」(新潮七月号) で「偶然を追ふて不可知の世界」へと言ふ意味のことを真実と言って居るが、私には「偶然を追窮して必然の道へ」と言ふことを真実と見る。……少くとも人間の不幸を悲しみ、よりよき人間生活を追窮せんとするものは真実なるリアリズムを、ゆるぎない世界観を捉へなければならない。真実なるリアリズムは無限なる進歩への道であり、それはプロレタリアートに共に進むべき路である。この道は又エゴイズム清算への道である。」楊逵〈新文學管見 (新文学管見)〉《台灣新聞》1935.7.29~8.14。引自《楊逵全集》第 9 卷，頁 299。

作方法上的新轉換〉呼籲從「無產階級現實主義」重新出發，有著異曲同工之妙，兩人都是承襲自藏原惟人早期提出的、最質樸的「無產階級現實主義」論。

從回應時間來看，中河與一在 1935 年 7 月發表〈偶然文學論〉之後，楊逵在 1935.7.29~8.14 以〈新文學管見〉快速做出回應，再次證實他對於日本文壇即時回應的能力。從回應內涵來看，對於中河與一認為現實受偶然支配的主張，楊逵以現實的必然論加以回應，表現他堅守普羅文學立場的姿態，與德永直堅持普羅派現實主義的態度是一致的。

（四）捨棄文壇式的方言

楊逵在〈新文學管見〉呼籲放棄文壇式的方言，並指出谷川徹三的〈現實的豐富和文學的豐富（現実の豊富と文学の豊富）〉、以及矢崎彈的〈純文學的大眾性的極限—阻礙獲取讀者層的原因之省思—（純文学の大眾性の限界—読者層獲得への障碍を考へつつ—）〉都論及純文學因為文壇式的方言而使大眾遠離。谷川徹三在《改造》1935 年 5 月號發表〈現實的豐富和文學的豐富〉，指出：

> 這些人之間存在著所謂文壇式的方言，這是他們特殊的經驗、感情和音韻的表現。／由於這些與特殊的生活體驗結合在一起，一般人難以理解。[90]

---

[90] 「かれらの人達の間には言はば文壇的方言といふべきものがある。彼等の特殊な経験や感情や音韻の表現なのである。／特にそれが特殊な生活体験と結びついているために一般に理解し難いのである。」谷川徹三〈現實的豐富和文學的豐富（現実の豊富と文学の豊富）〉《改造》（1935 年 5 月號），頁 322。

谷川認為日本文學青年只棲息在日本文壇之中，呼吸著同人雜誌的空氣，即使面對著豐富的現實，也只能以貧乏的文學來表現。這些人經由他們特殊的經驗和感情形成了只有他們才能理解的文學表現方式，這就是所謂文壇式的方言。

另外，矢崎彈在《新潮》1935 年 7 月號發表〈純文學的大眾性的極限——阻礙獲取讀者層的原因之省思——〉，指出在思考文學的大眾性之前，應該先回溯過去，思考純文學之所以喪失讀者的原因。矢崎彈認為，私小說和心境小說或許在藝術上具有某種價值，但不具有大眾性的趣味性。從大正中葉到末期之間，多數的作家都只書寫與讀者毫不相干的文士生活內幕：

> 　　對於文士們而言，窺探彼此的私小說可以產生閒話式的樂趣，但是對一般讀者而言，這只不過是隔壁國家的童話故事罷了。
>
> 　　這種以閒話為本位的文學被尊為日本特有的文學或現實主義的極致，並非毫無理由。但是不可否認的，一般作家漸漸習慣這種寫法，將之做為掩飾生活狹隘的手段，免除了尋找題材的勞苦。這股風潮開始蔚為風行，在只要寫出來就賣得出去的文壇景氣高揚的時代，一般作家的意識裡已沒有讀者的存在，不再費心思考理解或傳達等等技術上的手法。「純文學是為了娛樂自我的文學」的概念流行於文壇，「這哪是一般俗眾能夠了解」的高踏意識勝出，產生了對讀者極不親切、有頭無尾的方言語調式的小說。[91]

---

[91] 「同じ文士であってみれば、互ひの私小説を覗くゴシップ的な興味もあらうが、一般読者にはとなりの国のお伽噺でしかなかった。／書きさへすれば売れる文壇好況時代に、一般作家は読者といふものを意識のうちにいれずに、理解とか伝達とかの技術的心労を怠ってしまった。自分だけが娯しむ文学、それが純文学だと

矢崎彈指出，私小說和心境小說以娛樂自我為目的，創作意識裡沒有讀者的存在，其方言式的小說只有同為文士者才能理解，在一般讀者無法讀懂的情況下，當然會失去大眾性。

矢崎彈這個討論發自於對純文學的思考，而楊逵認為這種弊病不只發生在純文學，不少普羅文學作品也陷入其中。像平田小六說的「傑作只要有三人讀懂即可」，武田麟太郎說的「愈是包含高層次思想，讀者愈是遠離」，都是對自己文壇式方言的弊病毫無自覺，屬於高高在上的藝術觀，必須予以嚴厲的批判。楊逵呼籲必須捨棄文壇式的方言，才能獲得讀者大眾，達到文學的大眾化。

從回應時間來看，谷川徹三在《改造》1935 年 5 月號發表〈現實的豐富和文學的豐富〉，矢崎彈在《新潮》1935 年 7 月號發表〈純文學的大眾性的極限—阻礙獲取讀者層的原因之省思—〉之後，楊逵立即於 1935.7.29~8.14 在《台灣新聞》發表〈新文學管見〉，足見其反應文壇之快速。從回應內涵來看，楊逵面對純文學界的討論時，思考的仍是普羅文學的問題，進而呼籲普羅文學家捨棄文壇式的方言。這是楊逵為了台灣普羅文學大眾化提出的具體見解，其苦心與貴司山治努力實踐日本普羅文學大眾化是一樣的。

（五）向大眾雜誌學習捉住大眾的表現方法

楊逵在《文學評論》1936 年 3 月號發表〈寫給文學評論獎審查委員諸君（文評賞審查委員諸氏に与ふ）〉，指出「文學評論

いふやうな概念が文壇の流行となり、俗眾にわかるものかといふなりあがりものの高踏意識が勝を制して讀者に不親切きはまる尻きれとんぼな方言口調の小説が生れることになった。いはゆる私小説は同じ作家仲間にだけどうにか通ずる心理表現なのであった。」矢崎彈〈純文學的大眾性的極限—阻礙獲取讀者層的原因之省思—（純文學の大眾性の限界—讀者層獲得への障碍を考へつつ—)〉《新潮》（1935 年 7 月號），頁 149。

獎」的過程公開公正，不像「文藝懇話會[92]獎」那樣受到某種力量的牽制，相當忠於藝術。

渡邊順三在《文學評論》1936 年 2 月號發表〈文學評論獎第一次截稿日期已接近（文学評論賞第一回締切り近づく）〉，敬告所有讀者、作家、評論家、所有雜誌同人應把握時間踴躍投稿，才能從中發掘能夠代表日本文學下一世代的作家。該文列出的文學評論獎的目的及性質有：

★為了創設日本真正具有文學獎性質的文學獎
★為了使本雜誌一直努力的工作：「發掘及培養新作家」能夠更進一步發展
★為了透過評選和評論使作品及評論能有劃時代的進展[93]

此處揭示的文學獎的目的和性質，已看不見從階級出發的文學觀點。由舊普羅文士集結而成的《文學評論》看似已在政府鉗制壓力下抹除對於推廣普羅文學的動向，但比起戰爭時期國家機器操作下、右翼色彩濃厚的文藝懇話會，仍可看出《文學評論》某種程度的堅持。《文學評論》編輯群仍是從普羅大眾的立場出發，思考普羅文學大眾化的方向。同為普羅文士的楊逵清楚此事，所

---

[92] 高見順指出文藝懇話會的設立是為了將法西斯之手伸進文學之中。「文芸懇話会の設立を「明らかにこれはファシズムの手が文学に伸ばされたものだった」という高見順の評価がある。」海野福寿〈一九三〇年代の文芸統制──松本学と文芸懇話会──〉《駿台史學》52 卷（神奈川：明治大學，1981.3），頁 28。高見順〈ファシズムの波〉《昭和文學盛衰史》（文藝春秋，1987 年 8 月），頁 366。

[93] 「文学評論賞の目的・性質／★日本に真に文学賞らしい文学賞を創設するため／★本誌が従来力めて来た新しい作家の発見・養成の仕事を一段と進める為め／★選出・批評によって作品批評に一時期を劃すため」渡邊順三〈文学評論獎第一次截稿日期已接近（文学評論賞第一回締切り近づく）〉《文學評論》（1936 年 2 月號），頁 157。

以會在普羅文學的脈絡下對渡邊順三做出回應。楊逵在此將普羅文學作品的問題分為「真實性」和「大眾性」，並認為只是忠於藝術、表現真實性是不夠的，若要讓普羅文學受到大眾的歡迎，還必須發展「捉住大眾」的表現方法。

> 過去我們只是研究「表現真實」這一方面，但是這只是技術問題的片面，還有一個很重要的問題被遺忘了，那就是「捉住大眾」的表現方法。我想今後一定要使之有充分的發展。
>
> 現在發行幾十萬的大眾雜誌，我們總是用一句「低俗」就否定了它們。不錯，低俗固然是事實，可是我們只看到低俗的一面，卻忽略它們的大眾性。我相信無論如何這應該是錯誤的見解。[94]

楊逵認為大眾雜誌的低俗性來自於其意識形態，但是其撼動幾百萬大眾的魅力，具有相當高度的大眾性。楊逵主張普羅文學應該向大眾雜誌學習「捉住大眾」的表現方法。

從回應時間來看，渡邊順三在《文學評論》1936 年 2 月號發表〈文學評論獎第一次截稿日期已接近〉之後，楊逵立即在《文學評論》1936 年 3 月號發表〈寫給文學評論獎審查委員諸君〉，

---

[94] 「今迄我々は多く真実を表現することのみについて研究したが、これは技術問題の片面で、もう一つ重大な置き忘れられた問題、つまり大衆をつかむ表現方法を今度こそ十分に発展させなければならぬと考へるのであります。／現在何十万と出て居る大衆雑誌を我々は何時も低俗の一言で片づけて居るが、無論低俗は事実であるが、我々がその低俗の一面ばかりを見て、その大衆性を見逃して来たことは何と言っても間違ひであらうと信じます。」楊逵〈寫給文學評論獎審查委員諸君（文評賞審查委員諸氏に与ふ）〉《文學評論》（1936 年 3 月號）。引自《楊逵全集》第 9 卷，頁 440~441。

殖民地作家楊逵對於日本文壇的關注度及回應速度，與日本中央文壇文學者無異。從回應內涵來看，楊逵否認大眾雜誌在意識形態上的低俗性，但認為其「捉住大眾」的方法值得學習，可以做為普羅文學大眾化的具體作法。楊逵和貴司山治都向非普羅陣營的大眾文學取經，但目的都是為了實踐普羅文學大眾化。

　　另外，楊逵此文投稿於日本普羅雜誌《文學評論》，將殖民地普羅文壇的意見帶進日本中央文壇裡，參與日本文壇裡的討論。楊逵此舉推翻了一般既有的觀念：「台灣殖民地文壇是日本中央文壇的亞流」，讓台灣文壇能與日本文壇進行共時性的對話與交流。根據這個發現，筆者欲將本論文原先設定楊逵「吸收」日本文壇的角度，進一步加上楊逵「參與」日本文壇的觀點。筆者認為，楊逵本身具備的戰鬥性和積極性，讓他勇於進出日本文壇，造就了這樣的不凡之舉。

（六）小說應淺顯易懂

　　楊逵在《新潮》[95]1935 年 6 月號發表〈歪理（屁理屈）〉批評杉山平助對於純粹文學的見解。杉山平助在《新潮》1935 年 5 月號發表〈冰河的瞌睡（冰河のあくび）〉，從當時橫光利一提出的純粹小說論談起，接著提出自己對於純粹小說的看法：

> 　　我個人認為，純粹文學與通俗小說的差別在於對現實性的掌握之濃淡深淺。
> 　　具有高度現實性的小說，如同高濃度的營養食品流進吸收能力薄弱的胃裡，不但是一種浪費，甚至會引起嚴重的消

---

[95]　《新潮》是日本大正、昭和時期重要的文藝雜誌，主要支持新感覺派及新興藝術派，並且擁護藝術派，屬於資產階級的雜誌。

化不良，反而是有害的。／拿高級的數學問題給初學者解題的話，不但解不出來，而且浪費腦力，無聊又有害。／對於登山愛好者，愈難爬的山愈覺得「有趣」。但對於勤勉的學者來說，就算只是一座愛宕山（筆者注：位於千葉縣南房總市的一座山，標高 408.2m），也會有懶得去爬的人。[96]

杉山認為純粹小說具有高度的現實性，讓文學素質低的人來閱讀的話，如同讓初學者計算高難度的數學題、使吸收能力差的胃流進高營養的食物、以及勉強不喜爬山者攀登高山，不但無聊、甚至有害。對於杉山平助的這個見解，楊逵將之斥為歪理：

> 作者既然有意努力、費盡心血地向人表達自己的情感，首先必須把自己想要說的話、也就是自己提出的問題，寫得讓讀者能夠理解，這不是不可能的。「趣味」並不會因為努力寫得淺顯易懂而喪失的。我們之所以覺得通俗小說乏味，不是因為它淺顯易懂，而是因為它「虛假」。
>
> 現在很多純小說晦澀、難以理解，比描寫同一主題的論文還要缺乏吸引力。這是文學的變質、墮落。所有試圖為晦澀難懂的小說附上價值的作為都是荒唐的。[97]

---

[96] 「私自身は、純粋文学と通俗小説との差別をリアリティ把握の濃淡深浅によるものだと考へている。」「高度のリアリティをふくんだ小説は、吸収力の薄弱な胃の腑に、あまり濃度の滋養物を流しこむほどの無駄と、さうして、却って激しい消化不良を起こさせる有害なものとさへなるのである。／数学の高級な問題を初学者に与へることは、解りもしないし、脳力を浪費し、退屈で有害であるだけだ。／山の好きな人間には、登ることが苦しければ苦しいほど「面白い」のである。しかし非常に勤勉な学者でいて、生涯愛宕山ひとつへ登るのも臆劫がるやうな人物もいるのだ。」杉山平助〈氷河的瞌睡（氷河のあくび）〉《新潮》（1935 年 5 月號），頁 139~140。

[97] 「作者がよりよく自分の感情を人に伝えんとして努力し、苦しむのであるからには、作者はまず第一に自分の言はうとする事、つまり自分の提出する問題を読者

楊逵主張小說應淺顯易懂，不應以理解能力高低的差異為理由來為晦澀難懂的純小說附加價值。也就是說，純小說無法以明白易讀的形式表現，便不具價值。至於通俗小說的之所以會令人感到乏味，不是因為它「淺顯易懂」的特質，而是因為它是「虛假」的。另外，楊逵在 1935 年 7 月到 8 月之間於《台灣新聞》發表〈新文學管見（新文学管見）〉再次重申，大眾小說之所以枯燥無味，不是簡單明瞭的表達方式所致，而是作家無定見地追隨大眾、說謊胡鬧之故[98]。由此可以看出楊逵對於通俗小說的「淺顯易懂」這個特質表示肯定的態度，也就是說，身為普羅文學者的楊逵並不會機械地排斥屬於大眾文學的通俗小說，而能從中汲取通俗小說的優點，以此做為普羅文學小說的創作原則。

從回應時間來看，杉山平助在《新潮》1935 年 5 月號發表〈冰河的瞌睡〉、表達對於藝術派觀點的現實性之後，楊逵立即在次月《新潮》1935 年 6 月號發表〈歪理〉，以普羅文學的觀點做出反駁，再次看出他對日本文壇的關注及對於普羅文學立場的堅持。從回應內涵來看，楊逵汲取通俗小說的優點做為促進普羅文學大眾化的方法，展現了與貴司山治相同的柔軟姿態。

（七）讓讀者大眾參與文藝評論

楊逵在〈新文學管見〉的「關於文藝評論（文芸批評につい

に納得が行くやうに書かねばならず、又可能である。平易に書かうとする努力の為めに「面白み」を失ふことは断じてない。通俗小説が我々に面白くないのはその、平明さの為めではなくて、実にその「ウソ」にある為だ。」「現在の多くの純小説が難解であり、不可解であり、同一のテーマを書いても論文より以上に魅力を缺くは、文学の変質であり、堕落であって、難解なる小説を価値づけんとするあらゆる努力は何れも出鱈目である。」楊逵〈歪理（屁理屈）〉《新潮》（1935 年 6 月號）。引自《楊逵全集》第 9 卷，頁 200~201。

[98] 楊逵〈新文學管見（新文学管見）〉《台灣新聞》1935.7.29~8.14。引自《楊逵全集》第 9 卷，頁 301。

て）」章節中，主張文藝評論應重視鑑賞大眾，作品應設法形象化，努力讓讀者感動。楊逵提出了一個具體的作法，那就是讓讀者大眾參與文藝評論。楊逵在談論文藝評論時，是放在新文學（新しい文学）、也就是整個普羅文學的框架裡討論，故楊逵對於文藝評論的主張也適用於小說創作的主張。楊逵談到「論述」與「藝術」的差別、以及該如何改進「論述」的品質：

> 和論述比較起來，藝術是訴諸感情較多，訴諸理智較少。因此，（文藝評論）光追求理論是不夠的，必須寫出能夠感動讀者的作品，必須形象化才行。／即使是光理論的部分就需要很多基礎知識的問題，若能像這樣呈現於生活中來予以藝術化的話，就能讓讀者的理解超過博物館標本的程度。[99]

楊逵在這裡談的「論述」指的是「文藝評論」，而「藝術」則是指「小說創作」。楊逵認為小說創作訴諸感情較多，而文藝評論訴諸理智較多。文藝評論只追求理論，較難打動讀者。楊逵認為文藝評論不應只追求理論，也應該重視鑑賞大眾，故必須使文藝評論形象化、讓讀者感動。楊逵介紹了小林秀雄在《改造》1935年 3 月號發表的〈再論文藝時評（再び文芸時評に就いて）〉提及的巴黎沙龍座談，以及權五郎在 1934 年 11 月 28 日《東京日日新聞》的「蝸牛的觀點（蝸牛の視角）」專欄裡發表〈職業代表的評論（職業代表の批評）〉提及的職業代表的評論。楊逵表示，

---

[99] 「それは論理の追求のみにては不十分で、ピンと読むものの心に来るやうに書かなければならぬ。形象化せねばならぬ。／理論の儘だと色々基礎知識を要する問題も、こうして生活で現し芸術化すれば、博物学の標本以上に理解せしめられる。」楊逵〈新文學管見（新文学管見）〉《台灣新聞》1935.7.29~8.14。引自《楊逵全集》第 9 卷，頁 302。

小林秀雄提倡的巴黎文士座談會、以及權五郎提倡的職業代表評論，若能更進一步讓讀者大眾參與其中的話，他是予以認同的：

> 《改造》三月號中，小林秀雄認為最高層次的文藝批評應求諸座談，他說批評家的任務是在於整理座談。對此看法我有同感。小林氏討論了巴黎的沙龍座談，但是在新文學的評論方面，我們應該更加重視眾多農村及工廠裡的大眾座談。權五郎氏曾經在《東京日日新聞》的「蝸牛的觀點」寫過有關職業代表的評論。在把職業代表擴大到工廠農村大眾的條件下，我也贊同。[100]

小林秀雄〈再論文藝時評〉其實是接續他在《行動》1935年1月號發表〈關於文藝時評（文芸時評に就いて）〉的討論。小林提到，他曾對於文藝評論的困難性發表了若干感想，卻被誤解為主張「文藝評論無用論」，因此他又發表〈再論文藝時評〉來做說明，表示自己並非談論「文藝評論」這件事，而是在談自己身為文藝評論家在進行評論工作時體驗到的苦惱。小林進一步提到真正的評論應求之於座談會：

> 聖伯夫（Sainte-Beuve）將其龐大的文藝時評集命名為《週一座談》，這是眾人皆知之事。他說：「在巴黎，真正

---

[100] 「改造三月号で小林秀雄氏が文芸批評の最高なるものを座談に求め、批評家の任務はその座談を整理することだと言っていたが、同感である。氏はパリのサロンの座談を問題にされたが、新しい文学の批評に関しては、我々はより多く工場農村等に於ける大衆のその座談を問題にせねばならぬ。何時か東京日々の蝸牛の視角で權五郎氏が職業代表の批評について書いたが、その職業代表を工場農村の大衆に拡大する条件で私も賛成する。」楊逵〈新文學管見（新文学管見）〉《台灣新聞》1935.7.29~8.14。引自《楊逵全集》第9卷，頁303~304。

的評論來自於座談。列席於所有人進行意見投票之場合，以銳利的眼光審視之，編纂出自己最完整、最正確的結論，這就是評論」。

身為評論家的聖伯夫對於評論方法的無秩序一直感到苦惱。不只他無法解決科學方法和創造方法之間的矛盾，任何評論專家都無法在評論方法論當中充分整理出這個矛盾。但是他以「座談」之名來概括這個充滿矛盾的工作，使他具有實踐性的評論精神成為不死之生命，繼續存活於一般文學者的修養之中，他的方法論裡的矛盾得以自行得到調和。[101]

小林指出自己的文學評論方法受教於在巴黎進行座談的文學家們，主張「真正的評論來自於座談」，認為座談可以使評論方法論裡的矛盾得到調和，能夠整理出自己最完整、最正確的結論。楊逵認同小林主張的文藝評論應求諸座談，但若為了發展普羅文學的評論，除了討論巴黎文士們的座談之外，應該花更多時間關注在工廠、農村等地進行的大眾座談。楊逵欲從小林的巴黎文士座談中尋找適合發展普羅文學的方法，進而提出了工廠、農村的大眾座談這樣的作法。

---

[101] 「サント・ブウヴ、がその膨大な文芸時評集に、「月曜日座談」といふ名をつけている事は周知の事だ。彼は言ふ、「パリに於ける真の批評は座談から生れる。すべての人々の意見の投票に立会い、炯眼をもってこれを検査し、己れの最も完全な正しい結論を編纂するのが批評である」と。「サント・ブウヴは批評家として批評方法の無秩序に生涯悩んだ、科学的方法と創造的方法との矛盾は、彼が解決しなかったのみならず、以来いかなる専門批評家も批評方法論のうちにこの矛盾を充分に整理しはしなかった。併し、彼が自ら矛盾に満ちた仕事を、「座談」といふ名で統括したところの彼の実践的批評精神は、死ぬ事のない生きものとなって、文学者一般の修養のうちにいきつづけ、彼の方法論的矛盾の、自らなる調和が、はぐくまれたのであった。」小林秀雄〈再論文藝時評（再び文芸時評に就いて）〉《改造》（1935 年 3 月號），頁 327。

權五郎在 1934 年 11 月 28 日《東京日日新聞》的「蝸牛的觀點」專欄裡發表〈職業代表的評論〉，提及伊集院齊主張作家應擁有市民的職業，但權五郎認為在這之前，應由一般的市民站在各自職業和經濟的立場來率直地評論文學：

> 　　當今文藝作品的評論皆出自評論家或作家之手，自然而然地陷入文壇狹隘的模式中，大多是與一般市民的生活意識沒有關聯的內容。這時若能讓適當的職業代表，譬如銀行家、工廠老闆、軍人、農園主人、食品店老板、計程車司機來評論的話，不但可以突顯文藝的市民價值，更有助於作家自身的反省。現今的「匿名評論」在某個意義上具有類似的功能，但是在效果方面，則遠不及職業代表的評論。[102]

權五郎提出的職業代表有銀行家、工廠老闆、軍人、農園主人、食品店老板、計程車司機等，這是站在資產階級觀點的類別，沒有將一般普羅大眾納入視野。楊逵雖然贊成由職業代表來從事文學評論，但認為必須再加上工廠農村大眾的職業代表才行。由此可以看出楊逵對於無產階級世界觀的堅持，使他能夠從資產階級文學者的論述中發展出適合普羅文學大眾化的具體作法。

　　另一方面，權五郎提到的「匿名評論」，其實是盛行於 1930

---

[102] 「今日では、文芸作品の批評は、專ら批評家、または作家の手で行はれているので、おのづから文壇的な小さな型に嵌っている。一般市民の生活意識とは無關係なやうなものが多い。この際然るべき職業代表、例へば銀行家、工場主、軍人、農園經營者、食料品店の番頭、円夕ク運轉手、等々に批評さして見たら、文芸の市民的な價值もはっきりして來て、作家達にとっても反省の助けになることが少なくあるまい。今日の「匿名批評」は、ある意味で、それに似た役目を持っているが、效果の点に至っては、職業代表の批評には遠く及ぶまい。」權五郎〈職業代表的評論（職業代表の批評）〉《東京日日新聞》（1934 年 11 月 28 日）。

年代日本報章雜誌的專欄形式。由森洋介的研究可知，匿名評論的起源是杉山平助於 1931 年底以假名「冰川烈」在《東京朝日新聞》學藝欄的匿名專欄「豆戰艦」。杉山從新聞界挑出問題來進行辛辣的短評，其大膽的惡語中傷引起世人注目。「豆戰艦」的成功使得整個報章雜誌界盛行匿名評論欄，例如《東京日日新聞》文藝版也設置了「蝸牛的觀點」做為匿名專欄[103]。既然「蝸牛的觀點」是匿名專欄，那麼發表於此專欄的權五郎應該是某位作家的假名。權五郎在此匿名專欄提倡比「匿名評論」更具效果的「職業代表評論」，其潛在的諷刺性呼應了匿名評論的毒舌性質。

楊逵對於小林秀雄主張的座談會提出了「工廠、農村的大眾座談」的作法，對於權五郎以市民為主的職業代表評論，提出了「包含工廠農村大眾在內的職業代表評論」的作法。楊逵這兩個主張都為了透過適當的評論來發展普羅文學所做的提案。不過，雖然「座談會」與「職業代表評論」都與「評論」有關，才會被楊逵拿來並置討論，但筆者總覺得兩者之間的關連性稍嫌薄弱。直到筆者從社會評論家大宅壯一的文章裡發現「座談會」與「匿名評論」之間的關連，才恍然大悟地佩服楊逵對於日本文壇現況的掌握程度。

大宅壯一在 1934 年 3 月 27~30 日的《讀賣新聞》發表〈流行性匿名批評家群〉，提到「杉山平助擅長將座談活字化」、「比起活字，匿名比較接近座談」、「匿名批評作家們都擅長座談，都是座談的愛好者；但都不擅長演講，因為演講比較接近活字」等見解。接著，大宅壯一又在《LE SERPENT》1935 年 10 月號發表〈座談會的流行（座談会の流行）〉指出，座談會的流行與匿名評論的氾

---

[103] 森洋介〈ジャーナリズム論の 1930 年代－杉山平助をインデックスとして〉（東京：日本大學国文学会総会・研究発表，2002.7），頁 7。

濫都是最近報章雜誌界最明顯的傾向。座談會發祥於昭和初年的《文藝春秋》雜誌，而最致力於各種匿名評論的也是《文藝春秋》，兩者的結合並非偶然[104]。

由大宅壯一的論述可知，「座談會」與「匿名評論」兩者在性質上具有相似性，經由報章雜誌的推動，兩者同時盛行於 1930 年代。基於「匿名評論」與「職業代表評論」具有類似的效果，楊逵將「座談會」和「職業代表評論」並置的作法，可以視為「座談會」與「匿名評論」的並置討論。也就是說，楊逵在討論文藝評論時，擷取了當時日本文壇最盛行的「座談會」與「匿名評論」這兩種評論方式，足見楊逵高度掌握了當時日本文壇的現況。

從回應時間來看，權五郎在 1934 年 11 月 28 日發表〈職業代表的評論〉，小林秀雄在 1935 年 3 月發表〈再論文藝時評〉，而楊逵在 1935 年 7、8 月以〈新文學管見〉做出回應。比起前述回應的立即性，這裡似乎慢了許多，但楊逵擷取當時日本文壇最盛行的「座談會」與「匿名評論」，是在高度掌握日本文壇動向之後做出的回應。從回應內涵來看，楊逵為了發展適合普羅文學化的文藝評論，從藝術派小林秀雄主張的「座談會」發展出「工廠、農村的大眾座談」，從權五郎具資產階級觀點的「職業代表評論」發展出「包含工廠農村大眾在內的職業代表評論」的作法。楊逵考量普羅文學大眾化的方法時，不會僵硬地停留在普羅派的方法，懂得向藝術派和大眾文學界取經，然後轉化成符合普羅派世界觀的有效作法。在此可以清楚看到楊逵在吸收與轉化的過程，始終把持其普羅文學家的堅定立場。

---

[104] 大宅壯一〈流行性匿名批評家群〉《讀賣新聞》（1934 年 3 月 27 日~30 日）。大宅壯一〈座談会の流行〉《セルパン》（1935 年 10 月号）。引自 森洋介〈1930 年代匿名批評の接線──杉山平助とジャーナリズムをめぐる試論──〉《語文》117 輯（東京：日本大學國文學會，2003.12），頁 105。

（八）在資產階級報紙發表普羅文學作品

　　《文學案內》為了讓朝鮮、中國、台灣的人們感受到同胞的親切感，並且鼓勵共同參與新時代文學建設，在 1935 年 10 月號設置「新的報告」專欄，邀請朝鮮的張赫宙、中國的雷石榆、台灣的楊逵分別針對所屬地區的文學現況寫了文章[105]。楊逵在《文學案內》1935 年 11 月號發表〈台灣文學運動的現況（台湾文学運動の現状）〉指出，看到張赫宙在這個專欄的報導之後，深刻感受到新文學運動已受到資產階級報刊影響[106]。楊逵指的是張赫宙在 1935 年 10 月號《文學案內》發表的〈朝鮮文壇的現狀報告（朝鮮文壇の現狀報告）〉，文中提到新聞小說是作家大顯身手的舞台：

> 若想要在朝鮮文壇成為大家的話，就非得在報紙上連載小說不可。之所以會變成如此，是因為像李光洙、金東仁、廉想涉等從朝鮮文學創始時代的大家，都是靠報紙活躍於文壇的。還有，我們缺乏常態性的發表機關，而且「刊載於報紙之後就能受到大眾歡迎」這種觀念已經深植人心。在風格方面，與日本的報紙小說有些差異，純粹的報紙小說較少，趣味與藝術的混合物居多。[107]

---

[105] 楊逵發表的文章是〈台灣的文學運動（台湾の文学運動）〉。

[106] 楊逵〈（台湾文学運動の現状）〉《文學案內》（1935 年 11 月號）。引自《楊逵全集》第 9 卷，頁 392~393。

[107] 「朝鮮文壇で大家たらんとするならば、第一に新聞に連載小說を書かなければならんやうになっている。それは李光洙や金東仁や廉想涉の諸氏のやうな朝鮮文學の創始時代からの大家達が主として新聞に依って活躍して来たのと、他に恒在的な發表機關の乏しかったのと、新聞にのって始めて大眾的人気をかち得たこと等によって、さういふ觀念が植えられたのであらう。日本の新聞小說とは些か趣きを異にして、純粹の新聞小說は少なく、興味と芸術との混和物が多い。」張赫宙〈朝鮮文壇的現狀報告（朝鮮文壇の現狀報告）〉《文學案內》（1935 年 11 月號），頁 63。

楊逵讀到上述張赫宙介紹朝鮮文壇較少有純粹的報紙小說，大多是趣味與藝術的混合物，因而擔心普羅文學作品刊登在資產階級報紙上可能會使普羅文學運動有所扭曲；但是又看到張赫宙介紹李光洙的長篇刊載於《東亞日報》及《朝鮮日報》、金東仁、廉想涉的短篇刊載於《每日申報》等訊息，也感受到資產階級報紙有助於推展普羅文學運動，不可忽視其力量。楊逵做出的結論是，為了讓台灣的報紙多加關心普羅文學，投稿於資產階級報紙的文藝版是一種有效的作法。

從回應時間來看，張赫宙在《文學案內》1935 年 10 月號發表〈朝鮮文壇的現狀報告〉之後，楊逵立即在《文學案內》1935 年 11 月號發表〈台灣文學運動的現況〉，再度看到楊逵回應日本文壇的即時性。從回應內涵來看，楊逵面對朝鮮作家張赫宙介紹朝鮮文壇的現況，反思自己身處的台灣普羅文壇，主張以投稿於資產階級報紙文藝版的作法來進行普羅文學大眾化，是向大眾文學取經的貴司山治式的精神表現。另外，楊逵此文發表於日本普羅雜誌《文學案內》，實際參與日本文壇的討論，並且形成台灣、日本、朝鮮三地的文學交流，讓三地文壇進行共時性的對話，拓展了台灣文學家的發聲位置。

三、「吸收」＋「參與」＋「轉化」

上述楊逵的普羅文學大眾化論述大致可分為兩類。第一類是展現楊逵做為普羅文學家立場的主張，如反對藝術至上主義、重視作品主題的社會性、掌握屹立不搖的世界觀等。德永直堅持普羅派現實主義的態度對楊逵此類論述的啟發很大，兩人都以藏原惟人的無產階級現實主義論為依歸。第二類是做為推動普羅文學

大眾化的實踐方法，如捨棄文壇式的方言、向大眾雜誌學習捉住大眾的表現方法、小說應淺顯易懂、讓讀者大眾參與文藝評論、在資產階級報紙發表普羅文學作品等。貴司山治在困境下尋求普羅文學大眾化的柔軟姿態對於楊逵有一定的啟發，促使楊逵「吸收」日本文壇動向後「轉化」成適合台灣普羅文化大眾化的實踐方法。不過，這並非意味楊逵的論述皆形塑於德永和貴司的影響之下。楊逵積極且快速地回應日本文壇，並且投稿於日本雜誌，將殖民地普羅文壇的意見帶進日本中央文壇，為台灣作家找到發聲位置。這些作為讓我們知道，楊逵以「參與」的方式展現了他做為台灣殖民地作家的主體性。就這樣，楊逵秉持其戰鬥性和積極性，勇於進出日本文壇，以「吸收」＋「參與」＋「轉化」的模式關心日本文壇，並為台灣普羅文學尋求出路。

第三章　楊逵與行動主義文學

　　1933 年（昭和八年）是日本文壇大轉彎的時期，興盛於昭和初年的普羅文學運動開始面臨國家權力的嚴酷鎮壓。1933 年 2 月，小林多喜二在築地警察局被虐殺；同年 6 月，在獄中的佐野學、鍋山貞親發表轉向聲明，影響馬克斯主義者紛紛表明轉向，普羅文學運動受到毀滅性的打擊。普羅文學運動的潰敗，不僅影響了普羅文學作家，連對於無產階級不表支持的知識分子和作家也受到極大的衝擊。淡中剛郎曾指出普羅文學運動的潰散為資產階級作家帶來不安與混亂的情緒：

> 共產黨與普羅文學運動的崩潰，也對於原本不加支持的多數作家及知識分子造成了極大的衝擊。對他們而言，「馬克斯主義」在理論面及道德面都是沉重的壓力，但它也是用來確認自我立場的標準。這個以「馬克斯主義」為依據的運動潰敗，又加上滿州事變以來強調「非常時期」、國家主義抬頭的所謂政治性的社會情勢的緊張化，使得他們在感到思想壓迫受到解放的同時，也出現了不安的感覺及思想上的混亂。[1]

---

[1]　「彼らにとって「マルクス主義」は、理論的にも道徳的にも重壓であったが、また自己の立場を確認する基準とでもいうべきものでもあったのであり、それに対

自從 1934 年普羅文學運動潰敗之後，知識分子雖然可以從思想壓迫解放出來，卻也失去了用來確認自我立場的標準，而且政府在「非常時期」鎮壓言論及思想自由，讓他們出現了不安的感覺，並且面臨思想上的混亂。這樣的情緒促使他們開始摸索新的文學和思想，此時出現的是所謂的「不安的文學」和「行動主義」。

第一節　日本的行動主義文學

日本的行動主義文學發生的背景來自於不安的文學，日本當時因普羅文學的潰敗及滿州事變而產生的「不安」的時代氛圍，於是 1934~1935 年間短暫出現了一股由藝術派提倡的文學運動——行動主義文學。

一、不安的文學與行動主義的出現

不安的文學是歐洲的知識分子在第一次世界大戰後意識到自身所面對的死亡、苦惱、罪惡等狀況時形成的一股文藝思潮。日本文壇引進這股新的文學動態，用來反映他們在面對普羅文學的潰敗及滿州事變時產生的精神氛圍[2]。研究者曾根博義指出日本最早關於「不安」的討論由三木清於 1933 年 6 月提出：

してどのような態度をとるべきかを考えないではすまされなかった。」淡中剛郎〈日本文学論争史〉《海つばめ》631-679 号（東京：マルクス主義同志会，1997 年 6 月 1 日-1998 年 5 月 31 日）。轉引自「マルクス主義同志会」（http://www.mcg-j. org/mcgtext/bunron/bunron2.htm），2011.11.01 查閱。

[2] 本小節「不安的文學與行動主義的出現」主要依據以下二文整理而成：曾根博義〈戰前及戰時的文學—從昭和 8 年到戰敗（戦前・戦中の文学—昭和 8 年から敗戦まで）〉《昭和文學全集　別卷》（東京：小学館，1990.8）及十重田裕一〈舍斯托夫的不安

最早將「不安」問題化的是三木清的〈不安的思想及其超克〉（《改造》1933 年 6 月）。三木清認為滿州事變後的法西斯抬頭及馬克斯主義運動退潮之下的知識分子的精神氛圍根本就是一種「不安」。他引據班哲明・克米爾及海德格，說明第一次歐洲在世界大戰後的思想和文學不外乎是自我流動性、事物的相對性、「人格分解」、主觀性所表現出的「不安思想」，若要超越之，就必須創造新的人類典型。[3]

在三木清指出當時的知識分子處於一種「不安」的時代氛圍之後，一本三十年以前俄羅斯學者所著的思想書在日本被翻譯出來，那就是舍斯托夫[4]的《悲劇的哲學》，由河上徹太郎及阿部六郎共同翻譯。這本書呼應著這樣的氛圍，在文壇造成極大的迴響。《悲劇的哲學》刊行之後，文壇出現很多關於舍斯托夫的評論，很多評論家都提到了舍斯托夫的思想與普羅文學的毀滅性打擊所產生的「不安」、及馬克斯主義者的轉向問題之間的關連性：

和行動主義（シェストフ的不安と行動主義）〉時代別日本文学史事典編集委員会《時代別日本文学史事典　現代編》（東京：東京堂，1997.5）。

「最初に「不安」を問題にしたのは三木清の「不安の思想とその超克」（『改造』昭 8・6）であった。三木清は、満州事変後のファシズムの台頭とマルクス主義運動後退の下におけるインテリゲンチャの精神的雰囲気はまさに「不安」だとし、それが第一次大戦後のヨーロッパの思想や文学に、自己の流動性、物事の相対性、「人格の分解」、主観性などとして現れた「不安の思想」にほかならないことをバンジャマン・クレミューやハイデッガーによりながら説き、その超克のために新しい人間のタイプを作り出す必要があると述べた。」曽根博義〈戦前・戦中の文学—昭和 8 年から敗戦まで〉《昭和文学全集　別巻》（東京：小学館，1990.8），頁 335。

[4] 舍斯托夫（シェストフ）：〔1866~1938〕俄羅斯思想家。革命後亡命法國。在第一次世界大戰後，以非合理的、虛無的思想主張不安的哲學。著作有《悲劇的哲學》等。（ロシアの思想家。革命後、フランスに亡命。非合理的、虚無的思想により、不安の哲学として第一次大戦後に迎えられた。著「悲劇の哲学」など）。出處：大辞泉（http://dic.yahoo.co.jp/），2011.11.01 查閱。

知識分子的內在心境因舍斯托夫的流行而變得表面化，三
木清將這種內在心境置於「對於『不安』的自我關注」之
延長線上，稱之為「舍斯托夫的不安」。[5]

隨著科學和技術發展而成的資產主義社會走到了瓶頸，在法西斯
體制強化、共產黨潰敗的狀況下，資產階級知識分子在思想上找
不到依靠，因而產生了精神上的混亂，舍斯托夫的思想恰好說明
了日本當時因普羅文學的潰敗及滿州事變而產生的「不安」的時
代氛圍，為他們提供了一個憑藉。於是「舍斯托夫的不安」受到
了歡迎，成為該時代的流行現象。

　　在這個「舍斯托夫的不安」的時代氛圍裡，1934~1935 年間短
暫出現了吸引眾人目光的一種文學運動──行動主義文學。

　　「行動主義」原本是「為了反抗法國在大戰之後形成的思想
及文學的主流──懷疑、不安、否定的傾向而興起的」[6]。戰爭讓
整個歐洲社會產生不安的感覺，這種不安的陰影也波及文學界。
法國雖然身為戰勝國，並且「在法郎穩定之後，社會情勢一直保
持著繁榮的狀況，國民生活未見窮困之色。但文學界仍然漂散著
一股濃濃的不安感，超現實派的絕望遮蔽了部分文壇」[7]，在這種

5　「シェストフの流行によって表面化した知識人の內的風景を、三木清は、「不安」
　　に對する自らの關心の延長線上に置いて「シェストフ的不安」と呼んだ。」曾根
　　博義〈戰前・戰中の文學─昭和 8 年から敗戰まで〉《昭和文學全集　別卷》（東
　　京：小学館，1990.8），頁 336。

6　「大戰後仏蘭西の思想、文學の主流をなしていた懷疑・不安・否定の傾向に反發
　　して台頭したものである」小松清〈行動主義の諸問題〉《行動主義文學論》（紀
　　伊国屋出版部，1935）。引自　渡辺洋〈フランスと日本における行動主義文學〉《歷
　　史と文化》1981 年（東京：岩手大学人文社会科学部，1981.2），頁 191。

7　「フランス貨の安定後ずっと繁榮をつづけていた社会情勢にあり、国民生活には
　　殆ど困窮の色は現れていなかった。……フランスの文學界にはまだまだ戰後の不
　　安が濃く漂い、超現実派的絕望が文壇の一部を蔽っていた。行動主義はその絕望、
　　不安、懷疑の精神傾向に反抗し、それに對して克服的な意欲をもって生まれたも
　　のである。」小松清〈給大森義太郎的公開信（大森義太郎への公開狀）〉《行動》

社會環境背景下產生的，就是行動主義文學。渡邊洋對於法國行動主義文學做出了清楚的解釋：

> 嚴格來說，這是以費爾南德斯在 1927 年提倡的「行動的人道主義」為開端，並不是體系完整的文學理論或運動，只能說是當時在法國發表的文學作品裡共通的思想、樣式、文體等的總稱，其表現出的是一種積極的態度，對於達達主義及超現實主義的絕望及懷疑的傾向加以否定，下意識地揭示其克服不安及絕望的目標。[8]

法國行動主義文學進入日本，始於小松清的譯介。曾經留法 6 年的小松清在 1934 年翻譯了以費爾南德斯（フェルナンデス、Fernandes）於 1927 年在法國提倡的「行動的人道主義」，在日本文壇受到注目，成為行動主義文學的開端。

在進入「行動主義」的介紹之前，必須先談一下用語的問題。現在我們都將這股文學思潮統稱為「行動主義」，但是當時的日本文壇並沒有統一的術語，除了使用「行動主義」一詞之外，還使用「能動的精神」、「行動的人道主義」、「藝術派的能動性」、「文學的自由主義」、「新知識階級運動」等。因此接下來的敘述裡會出現以上各種不同用語，這是必須先行理解的。

（1935 年 3 月號），引自平野謙、小田切秀雄（代表）、山本健吉《現代日本文學論爭史 中卷》（東京：未来社，2006.9），頁 372。

[8] 「嚴密にいれば、1927 年にラモン・フェルナンデスによって提唱された「行動的ヒューマニズム」に端を發したもので、必ずしも体系的にまとまった文学理論、或いは運動ではなかった。換言するなら、当時フランスで発表された文学作品に共通して認められた思想、様式、文体などの総称であり、従来のダダイズムや超現実派の絶望の、懐疑的傾向を否定し、意識的に不安や絶望の克服を目標に掲げた積極的なひとつの姿勢であるといえる。」渡辺洋〈フランスと日本における行動主義文学〉《歴史と文化》1981 年（東京：岩手大学人文社会科学部，1981.2），頁 191。

在日本文學界掀起行動主義序幕的是，小松清譯載於《改造》1934 年 6 月號發表費爾南德斯的〈致紀德的公開信（ジッドへの公開状）〉一文。約於德國希特勒在 1933 年成立政權前後，歐洲的知識分子和作家之間開始盛行反法西斯主義運動，一直被視為自我主義者的紀德表態轉向共產主義，蔚為話題。原本反對紀德的費爾南德斯隨後發表〈致紀德的公開信（ジッドへの公開状）〉，表明其反對法西斯的態度。

接著，小松清於《行動》1934 年 8 月號發表〈法國文學的一個轉機（仏文学の一転機）〉一文，談論紀德、費爾南德斯、馬爾羅（André Malraux）等人轉向的意義，以及藝術派的思想家和文學家加入費爾南德斯組成的「法國知識階級聯盟」、共同進行反法西斯運動的動向。

在日本，最早呼應〈法國文學的一個轉機〉的是舟橋聖一。舟橋在《新潮》1934 年 7~9 月號〈文藝時評〉裡主張「新文學的創造精神」及「意志上的自由主義」，並且將聖埃克絮佩里（サン＝テグジュペリ、Saint Exupery）的《夜間飛行》（法國文學家堀口大學譯）視為行動主義的理論實踐。在《夜間飛行》的刺激之下，舟橋於 1934 年 10 月在《行動》發表他的實踐作品〈跳水（ダイヴィング）〉。

〈跳水〉這個題名來自於文藝評論家班哲明・克米爾（バンジャマン・クレミュー、Benjamin Crémieux）在〈關於夜間飛行（夜間飛行について）〉裡的一句話：「飛行員菲比安『像跳水那樣地縱入夜空』」。舟橋將之拿來做為小說的標題，描寫具有能動精神的知識分子在面對混亂的世界表現出的「振翅高飛」的姿態[9]。舟橋對於「振翅高飛」的描述如下：

---

[9]　渡辺洋〈フランスと日本における行動主義文学〉《歴史と文化》1981 年（東京：岩手大学人文社会科学部，1981.2），頁 197。

不論如何受壓抑、都要往上奮起的素質之內部進化，正準備要衝破外部現實的壓制。雖然我做為工作責任者的意志受到殘忍的踐躪，但是為了讓我變得更有能力所做的純粹的努力，以及為了衝入這條道路所表現出的完全專注的勇氣，即使是再平凡的人，都可以看到這種代表意識上升的美好姿態。[10]

主人公面對著封閉於上班族生活的哥哥長太郎、歇斯底里的母親、混亂的董事會議、虛無的家名意識等等的糾纏，但在太太的鼓勵之下，決意以不畏困難的努力和勇氣來振翅高飛。〈跳水〉以上這段話所表現出來的能動精神，使這篇短篇小說被視為行動主義的代表作。

　　最早將這股發生於知識分子的昂揚精神命名為能動精神的是普羅文藝理論家青野季吉。青野於 1934 年在《行動》[11]發表〈能動精神的抬頭（能動的精神の台頭について）〉，指出「知識分子想要建立精神上的自由之冀望」及「知識分子想要建立自由主義的原理、以此做為行動的指針之冀望」促成了能動精神的抬頭，並將這股能動精神定義為「已經不能再忍耐也不允許自己畏縮於懷疑、不安、動搖、焦燥之中，於是鞭策自己來到了能動的立場」。這股能動精神與法國的行動主義結合，形成了日本版的行動主義。[12]

---

[10] 舟橋聖一〈跳水（ダイヴィング）〉《行動》（1934 年 10 月號）。引自《現代日本文學全集》76（東京：薩摩書房，1967.11），頁 268。

[11] 《行動》1 卷 1 號～3 卷 9 號，豐田三郎編（東京：紀伊国屋出版部，1933.10～1935.9）。

[12] 青野季吉〈寄予能動精神的理解（能動精神の理解に寄せて）〉《行動》（1935 年 5 月號），引自 平野謙、小田切秀雄（代表）、山本健吉《現代日本文學論爭史 中卷》（東京：未来社，2006.9），頁 389-391。

二、行動主義文學論爭

舟橋聖一、阿部知二、伊藤整等人在紀伊國屋的田邊茂一的贊助之下，於 1933 年 10 月設立文藝雜誌《行動》。該雜誌在刊載舟橋聖一〈跳水〉之後，成為舟橋、小松清等人發表行動主義文學論及能動精神論的據點。

行動主義並非發生於普羅文學的新動向，主要以小松清、舟橋聖一、豐田三郎、春山行夫等以往在藝術派活動的文學家為主。如同 1933 年 5 月發生在京都大學的思想鎮壓事件（瀧川事件），鎮壓行動已經不只針對共產主義支持者，連支持自由主義的知識分子也不免遭難。藝術派雖然反對普羅文學的政治主義，但在面對普羅政治運動及文學運動挫折、軍國主義強化的現況下，深感做為藝術派的他們也必須做出某些抵抗才行，因此開始提倡行動主義和能動精神。日本哲學家戶坂潤指出行動主義（即能動精神）具有自由主義的特性，處於馬克斯主義及法西斯主義的中間位置[13]，明確點出藝術派做為自由主義者的立場。

行動主義雖然由藝術派所提倡，但其能動精神受到部分普羅文學者認同，認為可以藉此將小資產階級吸納過來，組成連合陣線；但有些普羅文學者認為，行動主義具有反馬克斯主義的性質，有可能轉變為支持法西斯的方向，於是產生了一場關於行動主義文學的論爭。

---

[13] 「所謂行動主義＝能動精神が有つという所謂自由主義の特性であって、普通簡単に、行動主義＝能動精神がマルクシズムとファシズムとの中間に位置する。」戶坂潤〈關於行動主義文學（行動主義文学について）〉《戶坂潤全集 4 — 思想としての文学》（東京：勁草書房，1966）。引自 戶坂潤文庫（http://www.geocities.jp/pfeiles/B4/FRAMEB4_1.HTM），2011.11.09 查閱。

（一）行動主義文學的提倡

舟橋聖一在《行動》1935 年 1 月號發表〈藝術派的能動（芸術派の能動）〉，指出「當表現主義和新感覺派勃興時，文學者的能動精神受到昂揚，隨著普羅文學的抬頭，這種能動精神與政治主義結合，成就了作家的政治實踐」[14]，也就是說，能動精神雖然產生自表現主義和藝術派，但後來這股能動精神與普羅文學結合，形成了政治主義。過去的普羅文學過度偏向政治性及思想性，藝術派則過度偏向藝術性。長期以來，藝術派採取抵抗馬克斯主義文學的立場，以其純粹的藝術性來對抗普羅文學，但在普羅文學運動退敗之後，頓然失去了抵抗的來源。在這種情況下，藝術派作家主張應以能動精神做為克服現況的方法，以此跨出藝術派的新方向。關於能動精神的意義，舟橋聖一的說明是：

> 以前曾經有過（普羅文學和藝術派）兩派可以各自往極端方向發展的時期。……但是在現在急遽變化的情勢下，唯心的藝術至上主義是頑固的反動，文學應該開始回到其原本的面目及特質，建構於思想性和藝術性渾然調和之上，站在綜合的立場，展現其做為整體性的傾向。這就是所謂的能動精神。[15]

---

[14] 「表現主義や新感覚派が勃興したとき、文学者の能動的精神が高揚され、つづいてプロレタリア文学の台頭によって、この能動精神は政治主義と結びつき、作家の政治的実践という処まで走っていた。」舟橋聖一〈藝術派的能動（芸術派の能動）〉《行動》（1935 年 1 月號）。引自 平野謙、小田切秀雄（代表）、山本健吉《現代日本文学論争史 中巻》（東京：未来社，2006.9），頁 347。

[15] 「二派が互にラジカルな方向へすすんでいい時もあったかもしれぬ。……しかし、急激に変化せられたる現下の情勢下にあっては、唯心的芸術至上主義は頑固

舟橋認為，能動精神是藝術派的再出發，過去只重視藝術性的藝術派應該加入思想性，讓文學可以做到藝術性和思想性的調和，這就是能動精神的意義。而且「能動精神這句話不應被奚落為文壇的流行語」[16]，應將之實踐於作品之中，他的小說〈跳水〉雖然討論了相關的問題，但並沒有完全解決，因此他計畫以五年的時間來摸索能動文學的創作。

（二）對行動主義文學的反對

馬克斯主義者大森義太郎在《文藝》1935 年 2 月號發表〈所謂行動主義的迷妄（いわゆる行動主義の迷妄）〉，認可法國的行動主義，但反對日本的行動主義：

> 法國的行動主義是知識階級為了從懷疑、自棄的狀態中自我救贖的奮鬥，但在日本卻是在馬克斯主義失勢、陷入絕望的深淵時被提倡出來，日本的知識階級正陷於懷疑、自棄的狀態，而且看不出有任何奮起的跡象。日本行動主義的提倡，並非由任何客觀事實所促成，只是一連串的作家及評論家像夜市攤販般的叫賣罷了。[17]

な反動であり、文学はその本来の面目と特質に戻って、思想性と芸術性の渾然たる調和の上に築かれ、総合的な立場に立ち、全体性としての傾向性をあらわしはじめる。これを能動的精神というわけである。」舟橋聖一〈藝術派的能動（芸術派の能動）〉《行動》（1935 年 1 月號），引自 平野謙、小田切秀雄（代表）、山本健吉《現代日本文学論争史 中巻》（東京：未来社，2006.9），頁 351。

[16] 「かかる能動的精神を文壇の流行語として冷やかすのはやくない。」舟橋聖一〈藝術派的能動（芸術派の能動）〉《行動》（1935 年 1 月號），引自 平野謙、小田切秀雄（代表）、山本健吉《現代日本文学論争史 中巻》（東京：未来社，2006.9），頁 351。

[17] 「フランスの行動主義は、……知識階級が懷疑、自棄の状態からみずからを救おうとした苦闘の尊い所産であるが、わが国の場合には、知識階級がここ年来いち

大森認為，法國的行動主義和日本的行動主義是在全然不同的社會情勢下產生的。形成法國行動主義的客觀情勢是「大眾的生活陷入恐慌，小資產階級、甚至教員、官史階層的生活陷入窮困之境」，這種情勢使得法國文學者開始左翼化，而且大部分的法國知識階級也快速進化，促使了法國行動主義的產生。而日本並不處於這種客觀情勢，卻硬是將法國行動主義「進口」到日本，因此「日本的行動主義是個冒牌貨」。

大森批評舟橋在〈藝術派的能動（芸術派の能動）〉提倡的不過是社會小說、傾向小說，全是發了霉的舊物，卻硬要貼上行動主義、能動精神的標籤，並且指出沒聽過哪位社會小說或傾向小說的主張者認為「思想性和藝術性」的雜然不調和是件好事，所以舟橋現在來談「思想性和藝術性的渾然調和」，真的毫無意義。

大森認為，法國的行動主義明確揭示了反法西斯的態度以及前往馬克斯主義的方向，表明要與勞動階級一起協力合作前進；日本的行動主義不過是一種知識階級論，強調知識階級的特質，將普羅文學者和資產階級文學者完全不同的兩者混為一談，這不但沒有意義，甚至是有害的。大森還嚴正指出，日本行動主義具有「強烈反對馬克斯主義的態度」及「未確立其反法西斯的態度」，將使日本行動主義走向法西斯主義。

じるしく左翼化し、その多数はマルクシズムの運動に走ったのが、社会情勢の急変によってマルクシズムの……勢力を失うと共にこれから遠ざかり、絶望の淵に沈んだ、実にそういうときに唱えた出されたものである。わが国の知識階級は、いま懐疑自棄の状態に陥ったところである。まだそこから於きあがろうとしていない。わが国におけるいわゆる行動主義の提唱は、なんら客観的事情に促されたものでなく、一連の作家、評論家の夜店商人的売り込みにとどまっているのである。」大森義太郎〈所謂行動主義の迷妄（いわゆる行動主義の迷妄）〉《文藝》（1935年2月號）。引自 平野謙、小田切秀雄（代表）、山本健吉《現代日本文学論争史 中卷》（東京：未来社，2006.9），頁357。

（三）對大森義太郎的反駁

對於前述大森義太郎提出反對行動主義文學的意見，法國行動主義引進者小松清、以及日本行動主義文學提倡者舟橋聖一紛紛提出以下的反駁。

小松清在《行動》1935 年 3 月號發表〈致大森義太郎的公開信──行動主義的社會展望（大森義太郎への公開状──行動主義の社会的展望）〉[18]，反駁大森義太郎的批評，指出日本的行動主義並沒有反馬克斯、趨於法西斯的傾向，馬克斯主義和日本行動主義不應對立，而應該並行前進，才有可能使兩者趨於一致。

小松清不認同大森認為法國和日本是在完全不同的社會情勢下發生的說法，他指出費爾南德斯提倡法國的行動主義理論、以及法國行動主義文學代表作家馬爾羅發表處女作《征服者》，都是在 1927 年。因此，法國行動主義並非產生於 1934 年，而是 1927 年。而出現日本行動主義的 1934 年，當時日本的社會情勢是經濟及政治持續呈現不安的狀況，在文學界出現了不安的文學，舍斯托夫早在 30 年前寫成的《悲劇的哲學》，卻在現今的日本受到重視，充分反應出該時代的精神。比起法國在 1927 年的社會情勢，1934 年的日本在社會及精神兩個層面都處於更加不安的狀態[19]。

---

[18] 小松清〈致大森義太郎的公開信──行動主義的社會展望（大森義太郎への公開状──行動主義の社会的展望）〉《行動》(1935 年 3 月號)。引自 平野謙、小田切秀雄（代表）、山本健吉《現代日本文学論爭史 中卷》（東京：未来社，2006.9），頁 366-378。

[19] 小松清〈致大森義太郎的公開信──行動主義的社會展望（大森義太郎への公開状──行動主義の社会的展望）〉《行動》(1935 年 3 月號)，引自 平野謙、小田切秀雄（代表）、山本健吉《現代日本文学論爭史 中卷》（東京：未来社，2006.9），頁 371-372。

也就是說，以法國和日本產生行動主義的 1927 年和 1934 年來比較的話，1934 年的日本社會比 1927 年的法國社會處於更加不安的狀態，更具備形成行動主義的客觀環境。大森義太郎卻是將剛形成行動主義的 1934 年的日本社會拿來跟行動主義已經高度發展的 1934 年的法國做比較，這種起跑點不一致的比較並不合理。

　　小松清從大森這種排斥日本行動主義的態度，認為大森不算是真正的馬克斯主義者。小松清指出，他曾經在《文化集團》1935 年 1 月號表示費爾南德斯〈致紀德的公開信〉應能為普羅文學評論家提供思考及反省的機會，沒想到大多數的普羅文學家都予以漠視，反倒是資產階級文學家乃至於知識階級的自由主義者開始做出了反省。這個現象說明了藝術派及自由主義者的進步性，馬克斯主義的信徒不應以排它主義打壓初試啼聲的能動精神，這不是真正的馬克斯主義者應有的態度。

　　小松清進一步指出，日本的行動主義者確實受到尼采的影響，但是如同法國知識階級所採取的反西斯、親無產階級的態度，日本的行動主義並不帶有反馬克斯、趨於法西斯的傾向。身為馬克斯主義者的大森與日本的行動主義者之間最大的分歧點在於分別是馬克斯和尼采的道德哲學（moral），但是在面臨社會變革之際，這種哲學相位的差異不應該是互相對立，而應並行前進，兩種不同的道德哲學才有可能趨於一致。從自由主義者轉變為馬克斯主義者的紀德，便是一個具體的表現。

　　另一位反駁者是受到大森嚴厲批判的舟橋聖一。

　　舟橋聖一在《文藝》1935 年 3 月號發表〈關於能動精神的論爭——對大森義太郎的反駁（能動精神に關する論爭に就いて——大森義太郎への反駁）〉，指出他無法理解大森為何將知識階級的困惑和能動精神對立起來，如此否定能動精神，並不會帶

來有益的結果：

> 我已經在〈再論自由主義（リベラリズム再論）〉（《文
> 藝》一月號）正式聲明「能動精神是進步的，應該依循歷
> 史正確的動向」，但他（筆者注：大森義太郎）好像很苦
> 惱，想要打破這種說法，將能動主義說成是反動、反馬克
> 斯，並且黑白顛倒地將之比作偽裝成進步性的說法。[20]

舟橋認為，他明明已經說能動精神是進步的，但是大森卻還說能
動精神是反動的，根本是顛倒是非。筆者認為，就一場論爭而言，
舟橋的這種說法顯然過於幼稚，因為論理時必須提出論述來說服
對方，而不應像不講理的孩子光一句「我明明講過了」，就要使
對方信服。

　　當我們將舟橋此篇文章與前述小松清的文章做比較可知，小松
清熟知法國的社會情勢及文學動向，以清晰、有條理的論述反駁大
森；相對之下，舟橋無法呈現具體的論述，情緒性的字眼偏多：

> 他（筆者注：大森義太郎）攻擊我的文章〈藝術派的能動
> 性（芸術派の能動性）〉（《行動》一月號），並連帶地
> 提及我的小說，對於這種卑劣的行為，我終於感到一股不

---

[20] 「僕が、「リベラリズム再論」（文芸一月号）の中で、ちゃんと「能動的精神は
進歩的なもので、歴史の正しい動向に沿うべきである」と、声明しているのが、
氏には大変困ったらしく、何とかそいつを打破って、能動主義を反動的なもの、
ファッショ的なものとしたいあまり、鷲を烏といいくるめようとして、それは進
歩性を装った口吻だと、いう。」舟橋聖一〈關於能動精神的論爭──對大森義太
郎的反駁（能動精神に関する論争に就いて──大森義太郎への反駁）〉《文藝》
（1935 年 3 月號）。引自 平野謙、小田切秀雄（代表）、山本健吉《現代日本文學
論爭史 中卷》（東京：未来社，2006.9），頁 385。

可遏制的憤怒。其實在這之前，我讀著時就已經覺得「什麼！他媽的！」，現在「小說」又被批評，真的對他的大便人格感到生氣了。一旦生氣的話，或許就落入了他的圈套，但實在不由得地生氣了。作品裡沒有任何武器，即使被批評成多麼差勁或多麼愚劣，也無計可施。論爭到最後，那傢伙簡直像是幹扭斷被當作人質的小孩子的脖子之事，這不叫狗大便的復仇又叫什麼呢。[21]

從上面兩段引文可以看出，舟橋讀到大森批評他的評論文章時，便非常不爽快了，待看到連他的小說也被批評進去，就變得怒不可遏。筆者回看大森對舟橋的批評[22]，文中頗多負面性的文字，但遣詞用字還沒有舟橋回應時的激烈程度呢。作家的作品受到批評是常有之事，不管認同與否，發這麼大的怒氣反倒讓人感覺心胸

---

[21] 「氏は、「芸術派の能動性」（行動一月）なる僕のエッセイをも、攻擊しているが、それに連關して、僕の小説にまで言及されているのには、その卑劣さに僕も遂に胸中沸々たる憤怒を感じざるを得ぬ。實際、そこまでは、何糞と思って読んでいたんだが、「小説」のことをいわれて、彼の大糞的人格につくづく腹が立ったのである。腹を立てれば氏の思う壷にはまることかはしれんが、止むを得ん。作品には何の武器もないのだ。それはいくら下手だといわれても愚劣だといわれても、どうにもならぬものだ。そいつを論爭の最後でまるで、人質の子供の首をねじるようにことをする、犬の糞の敵討といわずして何ぞやだ。」舟橋聖一〈關於能動精神的論爭——對大森義太郎的反駁（能動精神に關する論爭に就いて——大森義太郎への反駁）〉《文藝》（1935 年 3 月號）。引自 平野謙、小田切秀雄（代表）、山本健吉《現代日本文學論爭史 中卷》（東京：未来社，2006.9），頁 386-387。

[22] 「若想知道文學裡的行動主義有多低劣，實際閱讀作品是最快的方法。最近舟橋君發表了〈濃淡〉（《行動》正月號）及〈白色新郎（白い花婿）〉（《新潮》正月號）兩部「能動精神」小說。兩者都無聊到令人感到恐怖。……不過是在平凡無奇的小說情節裡，將電鐵公司裡巧妙的爭議處置法的說明、資產階級結婚的內幕、產科醫院的詭計等等若干社會性的內容，以最機械式、最露骨的手法嵌進去罷了。還說什麼是「思想性和藝術性的渾然調和」的具體樣本。作者口裡說著偉大的事，卻厚著臉皮端出這種東西出來，人們在讀這個作品時，除了驚訝於作者的不要臉之外，便無其他感想了。」大森義太郎〈所謂行動主義的迷妄（いわゆる行動主義の迷妄）〉《文藝》（1935 年 2 月號）。引自 平野謙、小田切秀雄（代表）、山本健吉《現代日本文學論爭史 中卷》（東京：未来社，2006.9），頁 363。

不夠寬廣。舟橋批評大森的毒舌漫罵，但他自己的回應充滿更多粗鄙低俗的文詞，讓筆者只能用瞠目結舌一詞來形容讀到這段文字時的感受。

在行動主義文學論爭裡，若只看大森和舟橋兩人的文章，只能看到情緒性的爭辯，彼此的回應沒有交集，也不見解決了什麼問題。對於兩人之間的爭辯，馬克斯主義哲學家戶坂潤做出了極佳的詮釋：

> 舟橋氏對於馬克斯主義的觀念極為抽象且庸俗，此事自不待言。從這點來看，身為馬克斯主義者的大森氏遠遠站在進化的階段。在談論以知識分子為主的問題時，大森氏當然是站在「馬克斯主義」的觀點，反之，舟橋氏是站在反或非「馬克斯主義」的觀點。不可思議的是，舟橋氏比大森氏更能碰觸到問題的核心。一個人用好的方法在重複落後的問題，另一個人則是用拙劣的方法在提倡先進的問題，所以兩人的問答總是有所分歧，彼此都搞錯方向，永遠都互相感到不滿。[23]

大森站在教條式的馬克斯主義立場提出反對的批評，舟橋因理論性及思想性薄弱而不足以應付大森的攻勢，只好落入雞同鴨講、面紅耳赤的下場。藝術派長期以來為了追求最純粹的藝術性，將思想性視為不純之物而加以排斥，造成思想性不足。國文學出身、屬於藝術派一員的舟橋在思想性方面的欠缺，不就是他指出的藝

---

[23] 戶坂潤〈關於行動主義文學（行動主義文学について）〉《戶坂潤全集 4 ── 思想としての文学》（東京：勁草書房，1966）。引自 戶坂潤文庫（http://www.geocities.jp/pfeiles/），2011.11.09 查閱。

術派問題之最佳例證？

（四）行動主義與普羅文學

　　行動主義剛開始先受到藝術派的重視和回應，後來普羅文學者也開始關注這個現象，雖然有大森義太郎等教條主義者強烈反對，但也有像青野季吉等人予以認同。除了上述行動主義文學論爭之外，日本文壇也熱烈討論這個現象，其中普羅文學者特別重視行動主義與普羅文學的關係。以下是小松清、青野季吉、中野重治圍繞著這個問題提出的見解。

　　小松清在《文學評論》的邀稿之下，於《文學評論》1935 年7 月號發表〈行動主義與普羅文學（行動主義とプロレタリア文學）〉，提到最近有部分普羅文學者出現了一個傾向：「欲藉由能動精神及行動主義的提倡來謀求社會及文學的新的出發」。小松清認為，在普羅文學受到否定、已然退潮的當下，這將是新時代的普羅文學的新開始。首先，小松清解釋人道主義有新舊兩種：

> 形成新舊兩種人道主義的根本思想的，同樣都是個人主義，但行動的個人主義並非十七世紀人道主義在近代的延長。它誕生於近代特殊的社會環境之中，根植且成長於歷史和自我的相關意識之中。[24]

---

[24] 「新旧二つのヒュマニズムの根本思想をなしているものは、同じく個人主義でありながら、行動的ヒュマニズムにおける個人主義は十七世紀ヒュマニズムのそれの近代的延長ではない。それは少なくとも近代の特殊的な社會環境に生まれたものであり、歴史と自我の相關意識に深く根差して成長したものである。」小松清〈行動主義與普羅文學（行動主義とプロレタリア文學）〉《文學評論》(1935 年7 月號)，頁 102。

小松清主張，行動主義重視的「行動的人道主義」不是十七世紀舊的人道主義在近代的延長，而是在近代社會環境之中成長的新的人道主義。接著，小松清指出新的人道主義與無產階級文學的關係：

> 人道主義的意識不同於過去秉持唯心式的主觀思考態度的資產階級人道主義意識，而是在經驗近代資本社會的生活體驗而對其抱持否定態度的意識，換言之，是在無產階級的社會意識之中產生的人道主義意識。[25]

小松清認為，新的人道主義（＝「行動的人道主義」＝行動主義）就是普羅文學裡的人道主義意識的呈現，因此行動主義和普羅文學在思想關係上是有連繫的，而且日本國內的普羅文學裡逐漸出現人道主義的意識，故兩者的立場並非對立，反而是關係緊密，並且互相接近，甚至將來有可能還原為同一個思想。

　　小松清指出，法國行動主義作家馬爾羅以近代的表現手法將其峻烈的、偉大的英雄主義意識予以藝術化，作品的真實性讓讀者深深感動。如同馬爾羅的作品受到蘇聯年輕作家評為「現代最佳的革命小說的一個典型」，日本普羅文學若要更強烈地表現自我，就必須認識「文學的革命」，而「文學的革命」若要更加活化自我，就必須與普羅文學結合。小松清主張「文學的革命」（＝藝

---

[25] 「ヒュマニズム的意識とは過去の唯心的な主観的な思考態度に立ったブルジョア・個人主義のそれではなく、すでに近代資本主義社会に於ける生活経験を経、そしてそれにたいする否定精神をもったもの、言葉を換えて言えばひとたびプロレタリア的社会意識をもってきたもののうちに生起したヒュマニズムの意識である。」小松清〈行動主義與普羅文學（行動主義とプロレタリア文学）〉《文學評論》（1935 年 7 月號），頁 102。

術派提倡的行動主義文學）和「普羅文學」具有密不可分的關係，並認為普羅文學與行動主義文學的結合，能夠為已然退敗的普羅文學開創新的局面。

另一方面，普羅文藝評論家青野季吉從反法西斯的立場出發，提議無產階級和知識階級建立合作關係。他在《行動》1934年11月號發表〈能動精神的抬頭（能動的精神の台頭について）〉，指出日本知識階級的能動精神一度集結於普羅文學運動，但因普羅文學運動的潰敗而消退，如今能動精神又開始萌生於知識分子之中，期待無產階級和知識階級能夠組成反法西斯的統一戰線[26]。

之後，青野在《行動》1935年5月號發表〈寄予能動精神的理解（能動精神の理解に寄せて）〉，提到能動精神與馬克斯主義的關係：

> 關於能動精神與馬克斯主義的關係，在這層意義上（＝欲取回自己精神上的自由、要以自己的眼睛來觀看自己與社會之間的關係）的精神自由絕對不會與馬克斯主義對立。如果說馬克斯主義真的能豐富內涵的話，一定是這股精神上的自由所致；馬克斯主義的正確性也必須透過這股精神上的自由來得到真正的認識。當進步的、勇於探求的知識分子能夠取回精神上的自由，重新審視自己與社會之間的關係，透過實踐的方式來切實地感知歷史的動向時，馬克斯主義才能真正為他所擁有。[27]

---

[26] 青野季吉〈能動精神的抬頭（能動的精神の台頭について）〉《行動》（1934年11月號）。引自 淡中剛郎「日本文學論爭史」（http://www.mcg-j.org/mcgtext/bunron/bunron2.htm），2011. 10. 31 查閱。

[27] 「マルクス主義との關係について、……その意味（＝彼の精神の自由を取り戻して、彼自身の肉眼が自己と社會とを眺めようとして来たこと）の精神の自由はマ

青野認為，能動精神所具有的精神上的自由可以讓知識分子看清自己與社會之間的關係，透過實踐來感受歷史的動向，讓知識分子真正了解馬克斯主義，因此能動精神並非對立於馬克斯主義，而是位於協助馬克斯主義成長的立場。

相對於青野將能動精神視為馬克斯主義的協助立場，大森義太郎將行動主義和馬克斯主義對立起來，顯示其本身機械的教條主義，充斥著嚴重的排它主義。

另外，青野還從知識分子的主體性來觀看知識階級與能動精神的關係。他認為，從現在的社會情勢來看，抱持能動精神的知識分子極為少數，但是人數在慢慢增加中。即使整個知識階級否定能動精神，但他們為了捍衛自己的文化性和進步性而要求能動精神，這個要求必然會從知識階級內部分裂出來。青野打破無產階級和資產階級的界限，以超階級的立場來評論能動精神，讓評論的視野擴大為知識階級論。

中野重治也表達近於青野的看法，肯定能動主義者的進步性。中野在《文學評論》1935 年 3 月號發表〈對於三個問題的感想（三つの問題についての感想）〉，批評大森義太郎抹殺了能動主義者具有的進步的、前進的動向：

> 大森只從能動主義挑出知識階級獨立論及反馬克斯主義的

ルクス主義と決して対立するものでない。マルクス主義が真に肉化されるものとすれば、その精神の自由によってでありマルクス主義の正しさは、その精神の自由によって真に認識され得るであろう。進步的探求的なインテリが、彼の精神の自由を取り戻して、自己と社会とを見直し実践を通じて歴史の動向を身をもって知覚するとき、初めてマルクス主義は彼等のものとなるのだ。」青野季吉〈寄予能動精神的理解（能動精神の理解に寄せて）〉《行動》(1935 年 3 月號)。引自 平野謙、小田切秀雄（代表）、山本健吉《現代日本文学論争史 中卷》（東京：未来社，2006.9），頁 392。

傾向，指其為「根本的反動」，這不只讓能動主義裡的進步要素從無產階級中切離出來，還抹殺了無產階級與小資產階級同盟的獨立性。[28]

中野承認，某些能動主義者確實已經表明其傾向於知識階級獨立論，並且具有些微程度的反馬克斯主義，但並不代表所有能動主義者都採取這樣的態度。就像舟橋聖一在《行動》1935 年 1 月號發表〈藝術派的能動〉，指出「（做為站在普羅文學的對抗立場之）藝術派必須明瞭的是，對於整個文學的前進、進步的動向，永遠停滯不前是極大的錯誤，是頑固的反動」，可以看出舟橋的進步立場。

中野認為，具有雙重性格的日本小資產階級不具有「根本的反動性」，能動主義是小資產階級在文學上的反映，雖然具有雙重性格，但絕對不會沒有「根本的反動性」。中野舉出列寧引用馬克斯《哥達綱領批判》裡的一句話：「不得將其視為一群反動的大眾」，以此來反對大森全面性地排斥能動主義者。能動主義者的雙重性格之一是與資產階級鬥爭，這種鬥爭的性格能夠與無產階級結合。

由此可知，青野和中野都不認同大森對能動主義者的完全排斥，青野主張能動精神是一股知識階級的昂揚精神，能夠協助馬克斯主義者成為真正的馬克斯主義者；中野則認為身為小資產階

---

[28] 「能動主義からその知識階級独立論と反マルクス主義的傾向とだけを取り出してそれを「根本的に反動的である」とする大森は、そのことで能動主義の中にある進歩的要素をプロレタリアートから切り離すばかりでなく、小ブルジョアジーとの同盟におけるプロレタリアートの独立性を抹殺してもいる。」中野重治〈對於三個問題的感想（三つの問題についての感想）〉《文學評論》（1935 年 3 月號），頁 155。

級的能動主義者具有反動和進步的雙重人格，若能使其進步的鬥爭性格與無產階級結合的話，可以造就小資產階級和無產階級的同盟。不論是排斥或認可能動主義，大森和中野是在普羅文學家的立場所做的思考；反之，青野跨越左右的階級、以整個知識階級為主體的立場，為能動精神帶來更開濶的格局，但也因此跳脫普羅文學家的基本視野。

三、行動主義文學的結束和侷限性

　　日本藝術派為了克服不安及絕望而提倡能動精神和行動的人道主義，在文學創作裡導入社會性及政治性的關心，形成了行動主義文學運動。行動主義文學運動在 1934、1935 年期間受到日本文壇矚目，不僅在屬於提倡者的藝術派之間有了熱烈的討論，連青野季吉、中野重治等普羅文學者，也因重視其與普羅文學之間的關係而給予認同或支援。

　　但是隨著社會政治不安的擴大，行動主義雖然已經發展到論爭階段，但還未能進一步討論藝術性和思想性的統一及對法西斯提出批判的可能性，卻在 1935 年 10 月因《行動》廢刊[29]而開始走下坡。自稱為「三人行」的舟橋聖一、小松清、豊田三郎為了要守護行動主義的「誠實性」，於 1936 年 6 月刊行行動主義機關誌《行動文學》[30]，但是隨著滿州事變的擴大、法西斯思想抬頭，整個時代進入戰爭體制，《行動文學》在創刊半年後、即 1937 年 2 月廢刊。因此，行動主義的相關討論只停留在文學上的能動精神，

---

[29]　《行動》雜誌從 1933 年 10 月創刊，出版商紀伊國屋出版部在 1935 年 8 月 31 日倒閉，《行動》遂於 1935 年 10 月終刊。

[30]　雄松堂書店（yushodo.co.jp/micro/kensaku/seisen/1557koudou.doc），2011.11.11 查閱。《行動文學》1 卷 1 號~2 卷 1 號（東京：西東書林，1936.6~1937.2）。

還未發展為現實上的行動，就打出了休止符。

　　筆者綜覽整個日本行動主義文學從發展到結束的過程，參考相關研究歸納出造成行動主義侷限性的幾個問題：出發點的曖昧性、做為一種主義的抽象性、文學創作欠缺實作性、文學上與現實上的行動性之落差。

　　在「出發點的曖昧性」方面，小松清介紹法國知識分子面對法西斯及戰爭的危機時，將希望寄託於的左翼人道主義，為了對自己誠實、使自己純化，在與勞工階級的共同運動中，實際參與社會並從事創作活動。舟橋在面對日本普羅文學運動退敗之後的不安與苦惱時，便以小松清介紹的法國文學者的動向來做為行動主義的理論實踐。研究者堀田鄉弘指出日本行動主義在出發點的曖昧性：

> 法國的「行動的人道主義」在當時的法國都還未（也不能）確定為一種「主義」，那是一種廣義的人道主義的形態，是以反法西斯之名將各式各樣的思想傾向統合起來，以紀德、費爾南德斯、馬爾羅、聖埃克絮佩里等一部分的人做為樣本發展而成。作家們在這種多樣性當中沒有定位，全部被包羅在廣義的「人道主義」這個名稱之中。由這點可以看出日本行動主義的出發點之曖昧性。[31]

---

[31] 「フランスの〈行動のヒューマニズム〉は当のフランスに於いてさえ〈主義〉として明確化されていないもの、否、されえないような広義的なヒューマニズムの一形態であった。さらには、様々な思想的傾向を反ファッシズムという名のもとに統合したソランスの知識人の行動の中でとりわけジイド、フェルナンデス、マルロー、サンテグジュバリーなど一部を範としてとりあげながら、その多様性の中のそれら作家の位置づけをしないままに、広義な"ヒューマニズム"という名称で包括してしまったことも、日本行動主義の出発点の曖昧さを思わせる。」堀田鄉弘〈アンドレ・マルロと日本行動主義文学運動〉《城西人文研究》4巻（埼玉：城西大学経済学会，1977.3），頁108。

由此可知，做為日本行動主義來源的法國行動主義是一種廣義的人道主義形態，雖然打出反對法西斯的旗幟，但其中包羅各種不同思想傾向的文學家和思想家，算是一種聯合戰線的形態。法國行動主義的思想傾向之多元性，造成了接收端的日本行動主義更加曖昧不明，這也是日本行動主義論爭如此暄鬧的原因之一。

行動主義「做為一種主義的抽象性」來自於宮本百合子的觀察。宮本在〈一九三四年度資產階級的文學動向〉提到，從 1934 年《行動》主辦的「文學的指導性」座談會上資產階級文學家們的發言，可以看出行動主義對於他們還停留在抽象的階段。在會中，新居格認為所謂「文學的行動性」就是想做什麼都可以，只要做就對了。至於針對座談會的主題「指導性」進行的探討時，阿部知二表示對於法西斯主義很感興趣，打算努力研究看看。中河與一則認為自己的文學裡沒有指導性，但對於英美兩國的國家社會主義經濟統制所相關的民族自救感興趣[32]。由此可以看出，知識分子們高呼行動的口號，但是所提出的主張卻曖昧不明，甚至有走向法西斯主義的危險性。

早在行動主義文學論爭還未開始之前，普羅派理論家森山啟在 1934 年 12 月對於當時藝術派提倡的「文學上的自由主義」發出警告：「在這個傾向裡的『積極性』若能往紀德的路線走去，是很好的；但若搞得不好，可能會被法西斯給利用去了。若是這樣的話，將是藝術最大的損失」[33]。由此可知，行動主義還未形成

---

[32] 宮本百合子〈一九三四年度資產階級的文學動向（一九三四年度におけるブルジョア文学の動向）〉《文學評論》（1934 年 12 月號）。引自 青空文庫（http://www.aozora.gr.jp/），2011.11.25 查閱。

[33] 「この傾向における「積極性」は、ジイド的な道にすすめばよいが、下手をするとファッシズムに利用されるおそれがあることである。若しさうであっては芸術にとっての最大のマイナスともなるであらう。」森山啟〈一九三四年度の文学における諸問題〉《文學評論》（1934 年 1 月號 2），頁 13。

固定的思想性。

　　接著，戶坂潤在 1935 年 1 月指出，現在還看不出行動主義是進步的、還是反動的；是馬克斯主義的同路人、還是將走向法西斯主義。若是放任行動主義的抽象性發展下去，行動主義將無條件地走向反動之路。行動主義若要以正當的提問形式來提出知識階級的積極性及能動性的問題，也就是說，若要讓行動主義成為一種進步動向的徵候的話，就應讓行動主義具體化地發展下去，使行動主義擁有具體性才行[34]。

　　根據渡邊洋的考察，在法國文學辭典和文學史裡找不到「行動主義」或「行動主義文學」的詞條，甚至也沒有這樣的用語。在法國，即便馬爾羅或聖埃克絮佩里被稱為「行動派的作家」，但絕沒有被稱為「行動主義」作家。也就是說，「行動主義」這個用語是小松清自創的，是日本特有的用語。再者，「行動主義」和舟橋主張的「能動精神」或許有共通的部分，但是將兩者視為相同，是很有問題的[35]。

　　關於渡邊洋認為「將能動精神和行動主義兩者混在一起是很有問題」、以及戶坂潤指出「行動主義的抽象性」可能造成問題的意見，青野季吉在《行動》1935 年 5 月號發表的〈寄予能動精神的理解〉裡，揭示了能動精神被當作一個主義時遭遇的狀況：

　　　　將一種精神的潮流或昂揚當作一個「主義」來處理的話，
　　　　會出現怎樣的結果呢？首先，會被要求明確的目標、及為

---

[34] 戶坂潤〈關於行動主義文學（行動主義文學について）〉《戶坂潤全集 4 — 思想としての文學》（東京：勁草書房，1966）。引自 戶坂潤文庫（http://www.geocities.jp/pfeiles/），2011.11.09 查閱。

[35] 渡辺洋〈フランスと日本における行動主義文學〉《歷史と文化》1981 年（東京：岩手大學人文社會科學部，1981.2），頁 201。

了使這個目標合理化的理論，並且會立刻被要求該理論的
「體系」。也就是說，這股昂揚的精神不被當作精神潮流看
待，卻被臆測為一種固定的「思想」。如此一來，這股精神
非但沒有被理解，還宛如一開始就背負了十字架。……若
單只為了要求理論、只因對理論有興趣才想了解的話，這
股昂揚的精神在完成自我的理論化之前，不可能成為他們
「感興趣」的對象，但他們仍然對它感興趣、抱持關心，
於是指出它不具理論性而予以攻擊。[36]

青野指出，當初他推崇的能動精神只是一種躍動的「精神（エス
プリ；esprit）」，但現今卻被當做是一種具有思想內容的「主義（イ
ズム；ism）」來處理。這股昂揚的精神在還未完成理論化的階段，
就被視為一種思想而被要求理論，自然無法滿足人們對它的要
求。在日本，將能動精神與法國傳來的行動主義結合，以「主義」
之姿呈現在人們面前，於是被要求「主義」應有的思想性及具體
性。然而，還未完成理論化的能動精神仍處於抽象的階段，這就
是戶坂潤指出的「沒有具體性」。青野認為，能動精神必須具體
地發展下去，完成其理論化的過程，表現出具體的思想，才能讓

---

[36] 「一つの精神の流れや昂揚を一個のイズムとして取扱う結果から何が出て来る
か。まずそれに明確な目標が求められる。その目標を合理化する理論が求められ
る。そして直ちにその理論の「体系」が求められる。つまりその昂揚した精神が、
精神の流れにおいて捉えられずに、一個の定著した「思想」として当推量される
のだ。これではその精神が理解されるどころが、最初からその精神が十字架にか
けられると同様であるのだ。……もし単に理論を求め、理論の興味によってしか
相手を眺めないのであったら、その昂揚した精神が、自己の理論化を全うして来
るまで、そもそもそれが彼の「興味」の対象となり得る筈はないのだが、しかも
彼はやはりそれに興味をもち、それに關心を抱く。そして彼の求める理論のない
ことをこれ見よがしに指摘し攻擊するのだ。」青野季吉〈寄予能動精神的理解（能
動精神の理解に寄せて）〉《行動》（1935 年 3 月號），引自 平野謙、小田切秀雄
（代表）、山本健吉《現代日本文學論爭史 中卷》（東京：未来社，2006.9），頁
389。

行動主義成為一種進步動向的徵候。

在「文學創作欠缺實作性」方面，由渡边洋的研究可知，依據行動主義寫成的文學作品並不多。在此列舉渡边洋以發表時間順序整理出的行動主義文學創作：

> 田村泰次郎〈日月潭工事〉《行動》（1934 年 8 月號）。
>
> 舟橋聖一〈跳水〉《行動》（1934 年 10 月號）；〈白色新郎〉
> 　　《新潮》（1935 年 1 月號）；〈濃淡〉《行動》（1935
> 　　年 1、2、4、6、8、9 月號連載）。
>
> 芹澤光治良〈鹽壺〉《改造》（1934 年 11 月號）。
>
> 井上友一郎〈資本〉《行動》（1934 年 12 月號）。
>
> 豐田三郎〈弔花〉《新潮》（1935 年 2 月號）。
>
> 福田清人〈脫出〉《新潮》（1935 年 3 月號）。

其他還有《行動》1935 年 6 月號「行動主義文學特輯」刊載的阿部知二〈貴族〉、芹澤光治良〈選手〉、豐田三郎〈機械記〉、福田清人〈河岸〉、武田麟太郎〈臨時列車〉等短編。另外還有一般不被認為是行動主義文學作品、但性質相近的有，橫光利一〈紋章〉《改造》（1934 年 1~9 月號連載）、阿部知二〈冬之宿（冬の宿）〉《文學界》（1936 年 1~10 月號連載）、舟橋聖一〈木石〉《改造》（1938 年 10 月號）[37]。

前述舟橋說過〈跳水〉雖然討論了相關的問題，但並沒有完全解決，因此他計畫以五年的時間來摸索能動文學的創作。但是行動主義文學運動隨著社會政治進入戰爭體制而被迫終止，讓他

---

[37] 渡辺洋〈フランスと日本における行動主義文学〉《歴史と文化》1981 年（東京：岩手大学人文社会科学部，1981.2），頁 197。

的計畫未能付諸實現。相對於行動主義的評論和論爭之喧鬧，行動主義文學作品只停頓於以上數篇，相形之下顯得寂寥。此乃能動精神還未理論化，造成文學家無所依歸所致。

在「文學上與現實上的行動性之落差」方面，日本行動主義文學強調文學家應將「文學上的行動性」和「現實上的行動性」兩者予以統合，但卻未落實於實際行動上。在日本引進法國行動主義的當時，不論是小松清推崇的馬爾羅、提供舟橋聖一創作靈感的《夜間飛行》作者聖埃克絮佩里、或是影響日本文壇極深的紀德，無不展開著反法西斯運動。他們進行反納粹運動，致力於組成人民戰線，參加全蘇作家大會，實踐親共產主義，在西班牙內亂時參加共和派義勇軍活動，將「行動」思想實踐於所有的重要社會或政治事件。相對於此，日本文學家只將「行動」表現在創作面及文學理論上，侷限在文學上的行動性，尚未連結到現實上的行動性。研究者瀨沼指出「反法西斯的行動面被捨去，只專注於文學上的行動主義，也就是秉持能動精神、透過作品來行動性地追求文學的革命。因此，雖然想要以社會性的行動來將知識分子的意識分裂統一起來，但是仍只停留在作品的討論內容」[38]。文學上的行動性（文學理論及文學創作）與現實上的行動性（社會參與）產生落差的這個事實，受到後來的研究者堀田鄉弘的批判，他以馬爾羅為首的法國行動主義作家的社會參與做為對照組，批評日本行動主義文學者「欠缺將創作（思想）與社會參與（行動）加以統一的努力」[39]。

---

[38] 瀨沼《日本文學大辭典》8（東京：新潮社，1974）。引自 堀田鄉弘〈安德烈・馬爾羅與日本行動主義文學運動（アンドレ・マルロと日本行動主義文學運動）〉《城西人文研究》4卷（埼玉：城西大学経済学会，1977.3），頁118。

[39] 瀨沼《日本文學大辭典》8（東京：新潮社，1974）。引自 堀田鄉弘〈安德烈・馬爾羅與日本行動主義文學運動（アンドレ・マルロと日本行動主義文學運動）〉《城

雖然戶坂潤主張行動主義應該「發展出具體性」，但是由於社會政治進入戰爭體制而被迫終止，行動主義未及形成理論性，文學創作也欠缺實作性，文學上的行動性來不及發展成實際的行動。不過，將發展成熟的法國行動主義文學來拿與被迫終止的日本行動主義文學做文學作品或社會參與程度的比較，是過於簡化的比較方式，必須加入兩國甚至世界的歷史脈絡，才能得到更細緻、更客觀的分析結果。當我們捨棄以一個「主義」的眼光來看待日本行動主義文學，像青野季吉那樣以一個「精神」來看待它的話，可以發現其來自於知識分子自我覺醒的能動精神仍值得高度評價。

第二節　楊逵的行動主義文學主張

楊逵發表了諸多關於行動主義文學的主張，茲依照文章發表順序來進行探討。

一、〈為了時代的前進〉

楊逵提倡行動主義文學首見於在《行動》1935 年 2 月號發表的〈為了時代的前進（時代の前進の為めに）〉。此文以筆名「健兒」投稿至《行動》的「我的論壇（僕の論壇）」，屬於讀者投稿性質。篇名取自《行動》1934 年 12 月號編輯後記裡的「（我們）正打起全副精神、為了時代的前進而戰」[40]。（底線為筆者所加）

西人文研究》4 卷（埼玉：城西大学経済学会，1977.3），頁 122。
[40] 「全精神をあげて、時代の前進のために闘っている。」楊逵〈為了時代的前進（時代の前進の為めに）〉《行動》（1935 年 2 月號）。引自《楊逵全集》第 9 卷，頁 124。

小松清在《行動》1934 年 8 月號發表〈法國文學的一個轉機（仏文学の一転機）〉以來，日本文壇開始提倡能動精神和行動主義。《行動》1934 年 10 月號刊載舟橋聖一〈跳水〉之後，開始成為舟橋、小松清等人發表行動主義文學論及能動精神論的據點。楊逵將〈為了時代的前進〉投稿至《行動》，表示他不是盲目投稿，是知曉《行動》為行動主義文學論的據點所做出的投稿動作。楊逵在此文指出：

> 為了時代的前進，究竟什麼是必要的呢？我認為「首先應徹底曝露發臭之事」，然後「各派各自討論該走哪條路」。[41]

如同前述，1933 年以來，普羅文學受到國家權力的嚴酷鎮壓而潰敗，這不只是普羅文學派的挫折，連處於對立地位的藝術派也因此失去了確認自我立場的標準，因而出現了不安及思想上的混亂。楊逵認為，在這不安的時代裡若要往前進的話，必須先看清問題的所在（＝發臭之事），然後各派再行討論該走怎樣的路。身為普羅文學者的楊逵認同藝術派提倡的行動精神，但他關心的是普羅文學的出路，然而考量到《行動》的藝術派立場，故未在此篇提到任何普羅文學相關字眼，不過仍以「各派各自討論該走哪條路」暗示《行動》所屬的藝術派和楊逵所屬的普羅文學派應各自討論自己的出路。接著，楊逵從行動精神轉化出普羅文學大眾化的作法：

---

[41] 「そもそも、時代の前進の為に必要なものはなにか？私は「現在臭いところを先づ徹底的にさらけ出し」それから「進むべき路への各党各分の討論を展開する」にあると思ふ。」楊逵〈為了時代的前進（時代の前進の為めに）〉《行動》（1935 年 2 月號）。引自《楊逵全集》第 9 卷，頁 124。

站在這樣的觀點，那些已排除視細微描寫為生命的文壇式文藝、並且具有行動精神的作品，即便技巧粗糙、生澀，仍應重視其精神及對大眾的影響力，應多多刊載，並且除了聽批評家的評論外，更應特別傾聽一般讀者、勞工和農民的聲音。

　　例如，我們應好好注意像舟橋的〈跳水〉那種知識份子的吶喊、以及〈送報伕〉（刊載於《文學評論》10月號）那種勞工及植民地農民的吶喊。[42]

楊逵推薦〈跳水〉和〈送報伕〉二篇作品，理由是其排除了視細微描寫為生命的文壇式文藝，雖然技巧粗糙、生澀，但是具有行動精神，其精神及對大眾的影響力值得重視，而且代表了知識分子及工農人民的吶喊，可以由此聽到大眾的心聲。在此可以看出楊逵在本文主張的結構是「行動主義」＋「傾聽大眾的聲音」，也就是說，楊逵並非只在肯定藝術派提倡的行動主義，同時又提出自己一貫提倡的藝術大眾化主張：傾聽大眾的聲音。這讓我們了解到，楊逵吸收到日本的行動主義之後，肯定行動精神對大眾具有影響力，並且進一步主張「行動主義」＋「傾聽大眾的聲音」的作法，目的是為了解決如何達到文藝大眾化的問題。

---

[42] 「斯かる見地から、末梢的描写を生命とする文壇的の文芸をノックアウトし、行動的精神を持つものは、技術的に粗雜、不備はあっても、その精神と大衆に対する影響力を買って、どしどし掲載し、批評家よりも、一般読者、労働者農民の声に、特に耳を傾けるべきであると思ふ。例えば、舟橋「ダイビング」の如きはインテリの叫びとしてあ、掲載「新聞配達夫」——文学評論十月号——は労働者、植民地農民の叫びとして、注意を払わねばならぬと思ふ。」楊逵〈為了時代的前進（時代の前進の為めに）〉《行動》（1935年2月號）。引自《楊逵全集》第9卷，頁124。

二、〈藝術是大眾的〉

楊逵在《台灣文藝》1935 年 2 月號發表〈藝術是大眾的（芸術は大眾のものである）〉，指出純文學作家在創作時只重視自己的心境而忽略了讀者，大眾文學作家則是一味迎合讀者而創作出荒誕的作品，兩者都不是真正的藝術。

那麼，楊逵主張的「真正的藝術」為何呢？

楊逵引用德永直在《文學評論》新人座談會的論述：「一切崇高的藝術原本就是非常單純樸實的，我相信最簡單明瞭的就是最崇高的」，以及水守龜之助在〈樸實的提倡（素朴な提唱）〉一文裡的論述：「藝術的真諦是給予感動、喚起實感的力量」，以此主張最崇高的藝術就是單純樸實、能給予感動、喚起實感的作品。

接著，楊逵引用托爾斯泰在《藝術論》的論述：「藝術用來互相傳達的情感」，主張藝術是用來將「思想情感（=思想具體化之後形成的情感）」傳達給別人；並且引用恩斯特‧格羅塞在《藝術的起源》的論述：「藝術的目的不只是藝術家要貫徹自我而創作的，也是為了他人而創作的」，主張藝術無法離開鑑賞者。

楊逵認為「藝術的目的」是為了「將思想情感傳達給別人」，所以藝術不可以離開讀者，純文學作家已經遠離讀者，所以創作出的不是真正的藝術。再者，楊逵認為「真正的藝術」是「單純樸實、能給予感動、喚起實感的作品」，大眾文學作家一味迎合讀者而創作的荒誕作品，不具有單純樸實的性質，也無法給予感動、喚起實感，故也不是真正的藝術。

總結來說，楊逵主張「文學最高的目的是要將自己的思想情感正確地表現出來、並且完整地傳達給別人」，因此必須「重視讀

者」，而具體的作法是創作「單純樸實、能打動人心、喚起真實感覺的作品」。接著，楊逵指出主張行動主義的藝術派與純文學之間的關係：

目前那些我們看膩了的純文學作品之所以失去它的吸引力，應該說是它忘卻了這種藝術原本的目的所致。這些作品反映了作家缺乏思想與熱情而沒有堪稱主題的東西；反映了他們狹隘的生活而無法擷取有吸引力的題材，而且他們整個生命只在追求雕蟲小技，已經墮落成「缺乏思想的心理描寫，缺乏科學理論的行動描寫，缺乏想像力的客觀描寫」這種類似自然主義的低俗、瑣碎的藝匠。因此目前藝術派的諸君提倡能動的、積極的文學，也應視為是對上述情況的一種反動。[43]

根據筆者在前一節介紹的能動精神和行動主義的發生過程及內涵可知，楊逵指出藝術派提倡能動的、積極的文學是對於當時純文學的反動，是相當正確的理解。如前所述，舟橋聖一在《行動》1935 年 1 月號發表的〈藝術派的能動〉指出「唯心的藝術至上主義是頑固的反動，文學應該開始回到其原本的面目及特質，建構於思想性和藝術性渾然調和之上」，這與楊逵的說法是一致的。不

---

[43] 「現在我々がいやだと言ふほど見せつけられている純文学作品の無魅力は、実に斯かる芸術の本来の目的を忘れた為だというべきである。其処には、彼等の無思想、無情熱を反映してテーマと言ふべきものなく、彼等の狹隘なる生活を反映して、魅力ある事件を取り入れる能力に缺き、而して、彼等の全生命は、小手先の技巧に走して、「思想なき心理描写、科学的理論なき行動描写、夢想の乏しい客観描写」と言ふ自然主義臭い低調な、末梢的な芸術の職人に堕してしまっているのである。此処で芸術派の諸氏が能動的、積極的の文学を提唱したのもこの反動だと見るべきである。」楊逵〈藝術是大眾的（芸術は大眾のものである）〉《台灣文藝》（1935 年 2 月號）。引自《楊逵全集》第 9 卷，頁 131。

過值得注意的是，相對於楊逵的「只在追求雕蟲小技」、「類似自然主義的低俗、瑣碎的藝匠」的批評，身為藝術派一員的舟橋批判的只是「欠缺思想性所造成的唯心的藝術至上主義」，但是對於「藝術至上主義」本身並未做出批判。普羅派的楊逵和藝術派的舟橋兩人在面對同樣的文學現象時，因文學立場的不同而做出力道不同的批判，足以看出文學立場左右文學者的重要程度。

接著，楊逵提示了避免行動主義走向法西斯主義危險的具體作法：

> 進步的文學原本就是能動的、積極的，那就是現實主義。如果能動、積極的文學沒有立足於現實主義的話，就會有落入現在所謂法西斯主義的危險；沒有穩固的社會性根據，就是虛假的文學。不可能有缺乏能動和積極要素的現實主義，如果有的話，那就是只看得見眼前、看不見明天的東西，這並不是真正的現實主義，而是自然主義的殘餘。[44]

早在 1934 年 12 月，森山啟便發出警告：行動主義裡的積極性可能會被利用而走向法西斯主義。戶坂潤也在 1935 年 1 月指出：放任行動主義的抽象性發展下去，行動主義將無條件地走向反動之路。接著，大森義太郎於 1935 年 2 月批評道：日本行動主義具有

---

[44]「進步の文学は元来能動的なものであり、積極的なものである。それがリアリズムである。リアリズムに立脚しない能動的、積極的文学は現在では所謂ファッシズムに陥る危險性のあるものであり、確固たる社会的根拠をもたないものであり、嘘の文学である。能動的、積極的要素を持たないリアリズムは有りえない。有るとすれば、それは目前を見て、明日を見ることの出来ないものであり、真実の意味に於けるリアリズムではなくて、自然主義の残屑である。」楊逵〈藝術是大眾的（芸術は大眾のものである）〉《台湾文藝》（1935 年 2 月號）。引自《楊逵全集》第 9 卷，頁 131。

「強烈反對馬克斯主義的態度」及「未確立其反法西斯的態度」，將會走向法西斯主義。其實日本文學者擔憂的都是同一件事：行動主義具備抽象性，無法判斷將來是進步的或反動的、是有助於馬克斯主義或走向法西斯主義。由於日本行動主義的未來發展不明確，其積極性若被利用，則可能往法西斯主義發展。關於如何避免行動主義走向法西斯主義，戶坂潤指出，藝術派提倡的行動主義具有自由主義的特性，處於馬克斯主義及法西斯主義的中間位置，若要避免走向法西斯主義，必須擁有具體性才行。

雖然戶坂潤指出了行動主義應「發展出具體性」才能避免走向法西斯主義，但並未提及具體作法，在此楊逵為我們指出了明確的作法：應立足於現實主義。現實主義強調「超然、客觀及準確的觀察，對社會環境明確而含蓄的批判」[45]，能使能動精神具備穩固的社會性根據，因而能夠從抽象性發展到具體性，其性格一旦具體化，便不怕被利用而走向法西斯主義。比起戶坂潤概念式地提出「發展出具體性」的主張，楊逵的「應立足於現實主義」主張更具實踐性，為我們提示了具體可行的作法。

另一方面，由於現實主義本來就具有實踐性及行動性，藝術派提倡的能動精神早已存在現實主義之中，楊逵才會清楚地指出「不可能有缺乏能動和積極要素的現實主義」，而這個主張恰好呼應青野季吉「日本知識階級的能動精神一度集結於普羅文學運動」的說法。也就是說，楊逵主張具有能動精神的現實主義，可以佐證能動精神確實存在於普羅文學之中，這也是普羅文學派的楊逵和青野認同具有自由主義傾向的藝術派成員舟橋提倡的能動精神之理由。

---

[45] 關鍵詞：現實主義。大英百科全書繁體中文版（http://140.128.103.17:2062/），2011.11.25 查閱。

三、〈擁護行動主義〉

　　楊逵在《行動》1935 年 2 月號「我的論壇」發表〈為了時代的前進〉之後，再接再厲於翌月《行動》1935 年 3 月號，同樣地在「我的論壇」發表關於行動主義的論述，篇名為〈擁護行動主義（行動主義の擁護）〉，對於行動主義的積極性表示肯定：

> 反動的法西斯式的積極性也是一種行動主義，目前其活動相當活躍，相對的，進步的行動主義處於艱難的逆境則是不爭的事實。然而，我們必須指出，如果只憑這個情況，就對行動主義抱持懷疑、不安或反對的態度，這未免過於短視。[46]

楊逵指出，行動主義裡有反動的和進步的積極性，反動的行動主義傾向於法西斯主義。法西斯主義的抬頭使得反動的行動主義大行其道，使得大森義太郎等日本文學者擔憂行動主義可能走向法西斯主義，而對其抱持懷疑、不安甚至反對的態度。楊逵主張重視行動主義裡進步的積極性，不應短視地反對行動主義。楊逵再度主張立足於現實主義的能動精神：

---

[46]　「反動的ファッショ的積極性も一つの行動主義であり、それが、今相当の動きを見せて居るに反し、進步的行動主義が非常な逆境にあることは争はれない事実である。だが、この面ばかりを持って、行動主義に対して懐疑を以ったり、不安がったり、反対したりすることは、短見も甚だしいものと言はねばならぬ。」楊逵〈擁護行動主義（行動主義の擁護）〉《行動》（1935 年 3 月號）。引自《楊逵全集》第 9 卷，頁 141。

反動的、法西斯式的行動主義無論有如何強烈的積極性，由於他們無法原原本本地、整體地了解現今社會的各種現象，甚至予以曲解，因此是虛假的文學，不可能與盡力描繪原本現實的<u>我們</u>對抗。我們必須排除萬難，立足於行動主義與他們對抗，追求積極性，才會有進步。[47]（底線為筆者所加）

如同青野季吉跳脫無產階級和資產階級的界限，以超階級的立場來看待能動精神，楊逵也認同行動主義裡的進步的積極性，以「我們」這個用詞來表達自己與藝術派的行動主義文學者站在同一陣線的立場，並且表示進步的能動精神（積極性）能夠原原本本地、整體地了解現今社會的各種現象，足以對抗反動的行種主義那種虛假的文學。楊逵在此以「盡力描繪原本現實」暗示了立足於現實主義的能動精神，使文學具有社會性，以此對抗虛假的法西斯主義式的行動文學。

楊逵投稿於《行動》的兩篇文章〈為了時代的前進〉及〈擁護行動主義〉有幾個共同點：以讀者身份投稿至「我的論壇」、使用筆名「健兒」、文章內未曾出現「無產階級（普羅）」字眼、表達支持行動主義的立場。自從楊逵的〈送報伕〉獲獎、並被刊載於《文學評論》1934 年 10 月號之後，楊逵的名聲便漸漸在日本文壇打開，但楊逵在《行動》1935 年 2 月號及 3 月號發表的兩篇文

---

[47] 「反動的、ファッショ的行動主義は、それが如何に激烈なる積極性を以っても、彼等は現社会の諸現象を全体的に動きの儘に見ることが出来ないか、或いは曲解するが為めに、嘘の文学であり、真実を動きの儘に描かうとする我々に対抗出来ない筈である。我々は万難を排して、彼等と対抗的に行動主義に立脚し、積極性を求めてこそ、始めて進步があるのである。」楊逵〈擁護行動主義（行動主義の擁護）〉《行動》（1935 年 3 月號）。引自《楊逵全集》第 9 卷，頁 141。

章捨「楊逵」、而用「健兒」之名，想來應該別有用心。筆者推測的理由有二，其一是楊逵了解《行動》是藝術派的機關誌，而藝術派向來與普羅文學派處於對抗的立場，屬於普羅文學作家的楊逵，自知不宜在《行動》使用「楊逵」，也不宜提到普羅文學。所以楊逵選擇使用筆名「健兒」，並只以「各派各自討論該走哪條路」來暗地表達自己的普羅文學立場。第二個理由是，楊逵在〈為了時代的前進〉文中為了推銷及讚揚自己的作品〈送報伕〉，所以避免使用「楊逵」之名。

從楊逵為了投稿至《行動》而避免使用「楊逵」之名的作法，可以看出楊逵對於當時普羅文學派及藝術派等日本文壇整體動向，有很精確的掌握，才讓他做出此種選擇性使用筆名的作法。

四、〈檢討行動主義〉

楊逵投稿至《行動》1935 年 2 月號及 3 月號的兩篇文章〈為了時代的前進〉及〈擁護行動主義〉，都是以讀者身分投稿的作品，至於以作家身分正式討論行動主義的文章，應是在《台灣文藝》1935 年 3 月號發表的〈檢討行動主義（行動主義檢討）〉。楊逵首先介紹日本行動主義由藝術派所提倡：

> 眾所周知，最近日本文壇就所謂的行動主義與文學的積極性等問題爭論不休。這種理念，主要是藝術派人士為首所提倡的。[48]

---

[48] 「最近日本文壇に於いて所謂行動主義、文学の積極性等言ふことが喧しく議論されていることは皆の承知せる通りであるが、之は芸術派を中心として提唱したものである。」楊逵〈檢討行動主義（行動主義檢討）〉《台灣文藝》（1935 年 3 月號）。引自《楊逵全集》第 9 卷，頁 143。

由前述行動主義文學論爭的介紹可知，日本文壇在 1935 年對於行動主義和文學的積極性有所爭論。楊逵指的就是舟橋聖一及大森義太郎等人 1935 年 1 月到 5 月之間進行的行動主義文學論爭：

> 　　從藝術的起源或者名留歷史的傑作來看，藝術本來就具有行動性，是積極意志的一種表現。這不難理解。儘管如此，現今行動主義以及文學的積極性之所以被當作問題爭論不休，必定有某種根據。
>
> 　　這種行動主義或文學的積極性，目前似乎遭遇到相當程度的反對，左翼人士尤因其方向曖昧不明而加以反對。不過，我認為這些反對並不恰當。
>
> 　　當然，時下提倡行動主義的人士並不見得有明確的方向，但我願意將這個行動主義或文學的積極性的要求視為一種好的傾向。[49]

從日本行動主義文學論爭可以找出楊逵所謂的「某種根據」，那就是前述行動主義文學的侷限性當中的「出發點的曖昧性」和「做為一種主義的抽象性」。這兩個侷限性讓以大森義太郎為首的某些普羅文學派以「日本行動主義的方向曖昧不明」為由而加以反

---

[49] 「芸術の始源、又は歴史的に残された傑作に就いて見る時、芸術の本来が行動的のものであり、積極的意思の一つの表現であることは容易に理解し得るところであるが、それにも拘らず今更、この行動主義又は文学の積極性と言ふことが喧しく問題になるからには、其処に何等かの根拠がなければならぬ。この行動主義又は文学の積極性に対して、今のところ相当反対があるやうであるが、特に左翼からは、それらの方向の曖昧であるを以って反対している人々があるやうであるが、私の考へではそれ等の反対は当を得ていない。勿論、今のところ、行動主義を提唱する人々に於いて明確な方向があるとは言へないが、それにしても、私は、この行動主義又は文学の積極性の要求をいい傾向と考へたい。」楊逵〈檢討行動主義（行動主義檢討）〉《台灣文藝》（1935 年 3 月號）。引自《楊逵全集》第 9 卷，頁 143。

對。但是楊逵願意將行動主義是視為一種好的傾向，因為這個傾向不但可以解救藝術派的困境，同時也可以解決普羅文學派的問題。

　　楊逵從舟橋於《經濟往來》1935 年 2 月號發表的〈關於能動精神（能動的精神）〉一文中發現了藝術派和普羅文學派共同的困擾，那就是「藝術嚴重失去了本質上應有的感動性和積極性，走入了錯誤的方向」[50]。

　　關於楊逵發現的這個共同困擾，筆者從日本評論家十返一（十返肇）的觀察得到佐證：「現在那些被稱為普羅文學作品的諸作品，其文學方法很明顯是反動的、保守的技術。就這一點來看，對於行動主義文學的方法而言，普羅文學的技術和舊藝術派的技術正處於完全相同的關係」，「普羅文學……以原有的爭議小說和農民主題、以及只停留在敗北的運動者的境地為主題，具有狹隘的私小說傾向」[51]。藝術派因過度偏向藝術性而欠缺思想性，而普羅文學派在普羅文學運動失敗後出現了反社會性、反思想性的傾向，因此藝術派和普羅文學派都來到了喪失社會性的地步，這就是楊逵指出的共同困境：「藝術嚴重失去了本質上應有的感動性和積極性」。由此可知，楊逵對於當時藝術派和普羅文學派的問題有著深刻的理解。

　　對於舟橋提倡用能動精神來做為文學革新的原理、在藝術性之中加入思想性的作法，楊逵予以贊同，認為這才是藝術真正的道路。然而，楊逵雖然認同藝術派提倡能動精神是好的傾向，但對於他們的動向並非全部同意。理由就是其方向的曖昧性。即使

---

[50]　「藝術が著しく本来の意味の感動性積極性を失って、正しくなくなっているからである。」楊逵〈檢討行動主義（行動主義檢討）〉《台灣文藝》（1935 年 3 月號）。引自《楊逵全集》第 9 卷，頁 144。

[51]　十返一〈對於普羅文學之能動精神立場（プロレタリア文学に対する能動精神の立場）〉《文學評論》（1935 年 10 月號），頁 164-165。

舟橋已說過他的能動精神與馬克斯主義相似，但並不是所有藝術派成員都完全一致：

> 正如舟橋氏所言，他「面對艱難的岐路……，大聲地怒吼」，從而走向能動主義的道路。但是在這裡，他們又遇上一個更為艱難的岐路，也就是邁向進步之路和邁向反動之路。……他們跨過第一個岐路而來，絕對不能說是錯誤，所以我們不應急切地猛攻正站在第二個岐路前的他們。他們如何走出這條岐路，將在他們的創作實踐中顯現出來。……不應該全盤否定他們一路走到第二個岐路的努力。非難整個行動主義的人，就像過去有人以「陷入教條主義的普羅文學」為由來批評整個普羅文學一樣，自己已深陷泥沼而不自知，還因為有人站在泥沼附近，就幸災樂禍地認為人家已經掉進泥沼之中。[52]

楊逵指出藝術派已經跨過了第一個岐路：保持舊藝術派以藝術性為主的道路和以能動精神尋求藝術性和思想性調和的新藝術派之路。選擇了能動精神的新藝術派現在正遇到了第二個岐路：進步

---

[52] 「舟橋氏の言つたやうに、彼は一つの「難しい岐路にぶつかつて……声を大にしてうなり吼えた。」而して能動主義の道に向つた。が、此処に於て、彼等は又一つの更に難しい岐路にぶつかつたのである。この岐路は進歩への路と反動への路である。……始めの岐路を踏み越えて来た点は決して間違ひと言はれないから、今、この第二の岐路に立つ彼等をさうせつかちに攻めたてるにも及ばない筈である。この岐路をどう行くかは、やがて、彼らの創作実践を通じて現れる。……一般に彼等を非難し、この第二の岐路迄辿つて来た彼等の努力を無にするには当らないのである。行動主義一般を批判するものは曾つて或る者が公式主義に陥つたプロ文学を以て、プロ文学一般を非難したものと同じく、自分で泥沼に陥り込んだことを自覚しないで、泥沼の付近に人が立つているからと言つて、あたかも人が己に泥沼に没入したかのやうに手を拍く連中である。」楊逵〈検討行動主義（行動主義検討）〉《台湾文藝》（1935 年 3 月號）。引自《楊逵全集》第 9 卷，頁 145~146。

之路和反動之路。從藝術派將來的創作實踐即可看出他們走向了哪一條路。楊逵肯定藝術派在第一個岐路選擇了正確道路的努力，現在他們正站在第二個岐路前，不應急切地攻擊他們。即便將來他們其中有人走上了反動之路，也不應全盤推翻整個行動主義派。因為過去有人以陷入教條主義的普羅文學來全盤否定整個普羅文學，這是不正確的作法，因此普羅文學派也不應全盤否定行動主義派。

筆者認為，楊逵以超越普羅文學派和藝術派的立場來審視行動主義的進化過程，充滿人道關懷的精神。再者，楊逵以「面對岐路時的抉擇」來描述藝術派面臨的挑戰，讓讀者能夠清楚了解及深刻感受藝術派為了進步所做的努力。

五、〈進步的作家與共同戰線──對《文學案內》的期待〉

楊逵於 1935 年 7 月 29 日在《時局新聞》[53]發表〈進步的作家與共同戰線──對《文學案內》的期待（進步的作家と共同戰線──「文學案內」への期待）〉，讚許 1935 年 7 月創刊的《文學案內》提倡的進步作家共同戰線。

根據倉和男的解說可知，《文學案內》是在納爾普 1934 年 2 月解散之後，普羅文學界處於衰退轉向的過渡期，為了廣泛囊括進步立場的文學者而創設，編輯成員有丸山義二、遠地輝武、以及中心人物貴司山治等人。除了舊納爾普的作家之外，德田秋聲、舟橋聖一、尾崎一雄等作家也加入其中，舉辦了各種座談會和專輯。然而，貴司山治在 1936 年 11 月受到檢舉之後，文學案內社

---

[53]　《時局新聞》（東京：時局新聞社，1932.8~1936.7）。

即於 1937 年 2 月關閉[54]。楊逵指出《文學案內》表現了「進步作家的共同戰線」的意圖：

> 我記得曾在哪裡讀過貴司山治提倡「進步作家的共同戰線」的意見，而在《文學案內》裡，一眼就可看出這個意圖。[55]

貴司山治在《行動》1935 年 6 月號發表〈進步文學者的協力合作（進步的文学者の共働について）〉，提倡進步作家的共同戰線，在當時受到日本文壇的重視。例如，十返一在《文學評論》1935 年 10 月號發表〈對於普羅文學之能動精神立場（プロレタリア文学に対する能動精神の立場）〉，就曾提到「當貴司山治在提倡『進步作家的協力合作』的前後，我們開始重視普羅文學和能動精神具有共同傾向，都對於舊藝術派的反思想性和反社會性具有抵抗的力量」。筆者推測，楊逵可能是讀到貴司山治在《行動》1935 年 6 月號發表的〈進步文學者的協力合作〉，因而於翌月 1935 年 7 月 29 日在《時局新聞》發表〈進步的作家與共同戰線——對《文學案內》的期待〉此文。

《文學案內》的〈創刊辭（創刊の挨拶）〉明確揭示了「進步文學者的協力合作」的目的：

---

[54] 新潮社辭典編集部編《新潮日本文學辭典》（東京：新潮社，1996.9），頁 1092。關鍵字：文學案內。〔執筆者：倉和男〕

[55] 「曾つて、何処かで貴司山治氏の「進步的作家の共同戦線」と言ふ意味の提唱を讀んだことがあるやうに覺えて居るが、『文学案內』にはこの意図が現れていることが一目で分かる。」楊逵〈進步的作家與共同戰線——對《文學案內》的期待（進步的作家と共同戰線——「文学案內」への期待）〉《時局新聞》116 號（東京：時局新聞社，1935.7.29）。引自《時局新聞 全 2 卷》復刻版 （東京：不二出版，1998.6）及《楊逵全集》第 9 卷，頁 276。

★本雜誌的創設目的如下。

★站在勞動者立場的文學——我們一定要創造出為勤勞大
　眾所愛、所親近、所理解，成為其生活中的朋友，能夠
　促使往上發展的齒輪作用之文學。——這是成千上萬勞
　動者的要求。

★這種能夠回應大眾要求的作品，必須給予勞動者直接深
　刻的感動，描繪其生活內部，使其感受到明天的希望。

★為此，借助知識階級作家的力量來培養勞動階級作家，
　是最重要的基礎。

★本雜誌委請眾多進步的知識階級作家及既有的勞動者作
　家，教導喜好文學的勞動大眾如何書寫小說、詩、戲曲，
　並且刊載可資入門的報導。努力達成以上目的，是我們
　最重要的任務。

★本雜誌最大的目的是刊載進步作家的好作品，以及使未
　知無名的勞動者及站在相近立場的所有人書寫的熱情優
　秀的作品得以問世。[56]

貴司山治想要創造能夠站在勞動者立場的文學，為了達到這個目
的，必須借助進步的知識階級作家及既有的勞動者作家的力量。
從這篇〈創刊辭〉能夠充分感受貴司提倡進步作家共同戰線的意
圖及實踐方法。楊逵也表示：

法西斯的風暴現在已經威脅到進步的自由主義者。對無產
階級而言，這些進步份子是非常重要的盟軍。儘管他們有

---

[56] 貴司山治〈創刊辭（創刊の挨拶）〉《文學案內》（1935 年 7 月號），頁 1。

許多小資產階級的成分，只要他們具有真正正確的意圖，他們就不得不向無產階級靠攏。[57]

楊逵認為具有小資產階級成分的自由主義者，只要是進步的、具有正確意圖的，就是無產階級的盟軍，終將走向無產階級。如同前述，中野重治在《文學評論》1935 年 3 月號發表〈對於三個問題的感想〉主張，若能使小資產階級的進步的鬥爭性格與無產階級結合的話，可以造就小資產階級和無產階級的同盟；青野季吉在《行動》1935 年 5 月號發表〈寄予能動精神的理解〉，主張行動主義位於協助馬克斯主義成長的立場。也就是說，在普羅文學者當中，即使有的像大森義太郎那樣全面否定屬於小資產階級的藝術派，但中野和青野等人已經看出小資產階級成為無產階級同盟者的可能性。楊逵的看法則與後者一致。

大宅壯一在《文學案內》1935 年 10 月號發表〈藝術派將如何（芸術派はどうなる）〉，明確地告訴我們當時日本文壇的情勢：普羅文學派已經脫離公式主義，藝術派部分人士也已透過行動主義清算其非社會性的瑣碎主義，普羅文學派和藝術派不再處於對立的立場，已經出現匯流合作的趨勢[58]。大宅指出的這個匯流合作的趨勢，正暗示了普羅文學派和藝術派採取共同戰線的可能性，是對於貴司山治的「進步作家共同戰線」理念做出肯定及附和。

---

[57] 「ファッショの嵐は、今や進步的自由主義者を迩おびやかしている。プロレタリアートにとって、これらの進步的分子は非常に重要な同盟軍である。例屁彼等には多分に小ブルの要素をもっているとは言へ、彼等が真実に正しい意図をもつ以上、彼等はプロレタリアートに接近せざるを得ない。」楊逵〈進步的作家與共同戰線──對《文學案內》的期待（進步的作家と共同戰線──「文學案內」への期待）〉《時局新聞》116 號（東京：時局新聞社，1935.7.29）。引自《時局新聞 全 2 卷》復刻版（東京：不二出版，1998.6）及《楊逵全集》第 9 卷，頁 276。

[58] 大宅壯一〈藝術派將如何（芸術派はどうなる）〉《文學案內》（1935 年 10 月號），頁 5-6。

另外，《文學案內》創刊號的讀者欄〈天線〉裡刊載了來自大眾支持該雜誌創刊的投稿，其中可以發現來自台灣的讀者呂赫若和楊逵。楊逵文章的全文是「為了新文學的發展：「《文學案內》是做為貴司山治志業的展現而誕生，令人欣不自勝。我認為這是相當切中時宜的企劃，在此表達滿腔的支持」[59]。楊逵認為，《文學案內》是貴司山治「進步作家共同戰線」理念的具體呈現，而且「進步作家共同戰線」的主張在當時法西斯風暴已猖獗到連自由主義知識階級都予以迫害，在此種情勢下呼籲無產階級者與自由主義知識階級聯合起來，是相當切合時宜的。由此短文可以看出，楊逵對於貴司山治的理念及創設《文學案內》目的之間的關係、以及當時的社會和文學情勢有了充分的掌握，才能以短短數句來做出精確的評論。再者，筆者欲關注楊逵此文的投稿機構《時局新聞》的屬性。在法西斯主義高漲的時代裡，《時局新聞》並未墮落成迎合戰爭體制的新聞媒體，保持著尖銳的批判意識。編輯顧問有青野季吉、大宅壯一、鈴木茂三郎等人，具有鮮明的反法西斯色彩，雖然數度遭到禁止發行，但仍致力於組成統一戰線以期阻止日本帝國主義的進展[60]。如同楊逵將支持行動主義的文章投稿至《行動》的作法，楊逵將此篇反對法西斯主義及支持共同戰線的文章投稿至《時局新聞》，可以看出楊逵是在充分了解日本文學界各雜誌的走向及理念之後所做出的選擇性投稿。

六、〈新文學管見〉

　　楊逵於 1935.7.29~8.14 在《台灣新聞》發表〈新文學管見（新

---

[59] 〈天線（アンテナ）〉《文學案內》（1935 年 7 月號），頁 31。
[60] 不二出版（http://www.fujishuppan.co.jp/kindaishi/jikyokushinbun.htm），2011.11.16 查閱。

文学管見）〉，可以說是楊逵文學評論的總整理。文中先談文學的本質，再談文學的起源，然後進一步主張新文學是勞動階級的文學，並且討論當時備受關注的各流派與普羅文學之間的關係，最後主張以真實的現實主義來實現文藝大眾化的目標。

在〈新文學管見〉「三、新的文學」裡，楊逵討論了行動主義、新浪漫派、純粹小說論及社會主義現實主義，皆為日本文壇在1933~1935年受到熱烈討論、並且形成了論爭的重要文學議題。筆者根據未來社發行的《現代日本文學論爭史》整理出 1933~1935年普羅文學運動退潮之後的論爭及發生日期，其中社會主義現實主義論爭和日本浪漫派論爭是直接在普羅文學的潮流及轉向過渡期之中發生的，而行動主義文學論爭和純粹小說論爭雖然是以藝術派為中心所發生的，但皆為普羅文學派關心的議題，而且普羅文學派也加入了論爭行列。對照楊逵談論的論爭內容及其發生時間，再次證實楊逵充分掌握了日本文壇的動向。

> 社會主義現實主義論爭：1933 年 9 月~1935 年 5 月
> 行動主義文學論爭：1935 年 1 月~1935 年 5 月
> 日本浪漫派論爭：1934 年 11 月~1937 年 6 月
> 純粹小說論爭：1935 年 4 月~1936 年（月份不明）

楊逵在「三、新的文學」第一節「檢討行動主義」再次提到日本行動主義，主要論述內容依據在《台灣文藝》1935 年 3 月號發表的〈檢討行動主義〉：

> 過去藝術派的座右銘是：讓藝術從社會游離出來。所謂的「純」，就是去除事件的趣味性，只用技巧讓讀者有興趣地

（？）去閱讀。然而，隨著社會生活的不安，大多數的國民大眾已經厭煩文學的頹廢（非社會性），而想要從文學尋求未來的出路以及社會性的關懷。到了這種地步，藝術性的高踏派[61]失去了支持的背景，不得不自己從安逸的書齋走出來面對現實的生活。此時他們開始摸索一條能夠消除社會不安的道路。[62]

楊逵首先提到行動主義文學被提倡出來的原因，那就是舊藝術派只重視藝術性和技巧性，卻不重視社會性，隨著普羅文學運動潰敗、法西斯體制強化而促使政府進行言論及思想自由的彈壓等「社會生活的不安」，使人們不再支持舊藝術派的頹廢文學，舊藝術派只好走出來，「摸索一條能夠消除社會不安的道路」。楊逵明確指出行動主義文學論爭的主角：

> 大森義太郎將日本的行動主義形容成夜市攤販的強迫推銷，這種說法並不恰當。如同我在〈檢討行動主義〉中剖析的，行動主義是再也無法甘於頹廢文學的人們的一種掙扎。雖然他們步履蹣跚，但他們正面對著法西斯，而且又受到法國行動主義（紀德那一派）的巨大影響，這可以讓

---

[61] 高踏派（高蹈派）：又稱帕爾納斯派，創作注意辭藻和技巧。中國大百科全書（http://140.128.103.17:2067/web/），2011.11.27 查閱。

[62] 「嘗つての藝術派のモットーは、藝術を社会より遊離することにあった。事件的趣味を除いて、技術でもって面白く（？）読せることを純と言った。が社会生活の不安につれて、大多数の国民大衆が文学の靡頹（非社会性）に愛想をつかし、文学に未来への進路を求めんとするに至り、社会的関心を求めるに至って、芸術的高踏派は背景を失ひ、自らも安閒たる書斎から実生活の真正面に引きづり出されざるを得ざるに至った。此処で彼等はこの社会不安打開の路を模索し始めたのである。」楊逵〈新文學管見（新文学管見）〉《台湾新聞》（1935.7.29~8.14）。引自《楊逵全集》第 9 卷，頁 288-289。

我們認定他們具有一種光明的要素。[63]

　　楊逵在 1935 年 3 月〈檢討行動主義〉曾提到「最近日本文壇就所謂的行動主義與文學的積極性等問題爭論不休」，但未指出是哪些人在爭論。楊逵在此文明白指出大森義太郎以及他那句有名的「夜市攤販的強迫推銷（夜店商人の押売り）」。此句出自大森義太郎在《文藝》1935 年 2 月號發表的〈所謂行動主義的迷妄〉，大森認可法國的行動主義，但反對日本的行動主義，視「日本的行動主義是個冒牌貨」。筆者在比對文獻時，發現楊逵的引用與大森的原文有些許出入。大森的原文是「一連串的作家及評論家像夜市攤販般的叫賣（一連の作家、評論家の夜店商人的の売り込み）」，而楊逵引用為「夜市攤販的強迫推銷（夜店商人の押売り）」。差異點在於大森只使用「叫賣（売り込み）」的字眼，但楊逵的用詞是較強烈的「強迫推銷（押売り）」，不過兩者只是用詞激烈程度的差異，在語意上是一致的。

　　筆者在此要表達的是，大森在 1935 年 2 月發表〈所謂行動主義的迷妄〉，楊逵在 1935 年 3 月的〈檢討行動主義〉就看到了這場論爭，並且更進一步在 1935 年 7 月明白地點出大森這句名言，由此可以看出楊逵對於日本文壇動向的關注程度。

　　最後，楊逵給予日本行動主義正面的評價，理由是日本行動主義受到紀德、費爾南德斯、馬爾羅等法國行動主義者的影響，

---

[63] 「大森義太郎氏は日本に於ける行動主義を、夜店商人の押売りと云って居るが当たらない。それは、私が「行動主義検討」で究明したやうに、文学的廃頹に甘んじられなくなった彼等の一つのもがきであり、特にそれがファッショに直面し、フランスの行動主義（ジイドの集団）に多くの影響を受けていると云ふことは、その腰のひょろひょろであるに拘らず、一つの明るい要素であると云っていいのである。」楊逵〈新文學管見（新文学管見）〉《台灣新聞》（1935.7.29～8.14）。引自《楊逵全集》第 9 卷，頁 289。

所以能夠以一種光明的要素來對抗法西斯主義，這個光明的要素就是存在於楊逵主張的現實主義裡的能動精神。

第三節　楊逵對行動主義文學的接收與轉化

關於楊逵對於行動主義文學的吸收與轉化，茲整理出以下幾點：

一、與日本文壇的同步性及精確性

筆者以時間排序來比對日本行動主義論爭和楊逵談論行動主義的文章的發表時間（如下表），可以看出，當日本文壇進行行動主義文學論爭的同時，楊逵便不斷地在日本的行動主義文學機關誌《行動》、主張統一戰線的《時局新聞》、以及台灣的《台灣文藝》和《台灣新聞》發表行動主義相關主張。楊逵對於日本文壇理論及動向的接收速度與日本文壇文學者無異，而且還可以同步地在日本及台灣文壇發表行動主義文學理論。這不但可以看出楊逵的訊息接收保持著與日本文壇同步性的關係，並且再度證實筆者前述楊逵的「參與」行為。楊逵藉由在日本報刊雜誌發表文章，將殖民地普羅文壇的意見帶進日本中央文壇裡。

再者，當我們面對楊逵在〈藝術是大眾的〉一文指出的「藝術派的諸君提倡能動的、積極的文學，也應視為是對上述情況的一種反動」、「藝術派主動積極地活動時，無產階級派……卻差一點變成自己所反對的對象，不從階級的角度來看文學，而變成藝術至上主義的俘虜」、以及在〈進步的作家與共同戰線——對《文學案內》的期待〉指出的「貴司山治提倡『進步作家的共同戰線』

的意見……在《文學案內》裡，一眼就可看出這個意圖」、「法西斯的風暴現在已經威脅到進步的自由主義者」等內容，在對照 1935 年日本文壇的動向和主張之後，就會發現，楊逵在吸收日本文壇動向和理論時，總能做到正確的理解。

日本行動主義論爭與楊逵談論行動主義文章目錄對照表

	日本行動主義論爭	楊逵談論行動主義的文章
1935.1	舟橋聖一〈藝術派的能動〉《行動》3卷1號	
1935.2	大森義太郎〈所謂行動主義的迷妄〉《文藝》3卷2號	楊逵〈為了時代的前進〉《行動》3卷2號
		楊逵〈藝術是大眾的〉《台灣文藝》2卷2號
1935.3	小松清〈致大森義太郎的公開信——行動主義的社會展望〉《行動》3卷3號	楊逵〈擁護行動主義〉《行動》3卷3號
	舟橋聖一〈關於能動精神的論爭——對大森義太郎的反駁〉《文芸》3卷3號	楊逵〈檢討行動主義〉《台灣文藝》2卷3號
1935.5	青野季吉〈寄予能動精神的理解〉《行動》3卷5號	
1935.7		楊逵〈進步的作家與共同戰線——對《文學案內》的期待〉《時局新聞》116號（東京：時局新聞社，1935.7.29）。
1935.7~8		楊逵〈新文學管見〉《台灣新聞》1935.7.29~8.14。

二、投稿機構及筆名使用的選擇性

楊逵投稿於《行動》的兩篇文章〈為了時代的前進〉及〈擁護行動主義〉都使用筆名「健兒」，而且都未曾出現「無產階級」字眼。由於〈送報伕〉的獲獎，楊逵的名聲從 1934 年 10 月之後

便漸漸在日本文壇打開，但楊逵在 1935 年 2 月及 3 月發表於《行動》的兩篇文章並不使用「楊逵」，而用「健兒」之名。筆者推測，身為普羅文學作家的楊逵，自知自己的立場與藝術派成員的立場不一致，故在投稿至藝術派雜誌《行動》時，不使用「楊逵」，也避免提到普羅文學相關字眼。另外，楊逵在〈為了時代的前進〉文中為了推銷及讚揚自己的作品〈送報伕〉，也促使他避免使用「楊逵」之名。

再者，如同楊逵將支持行動主義的兩篇文章〈為了時代的前進〉及〈擁護行動主義〉投稿至《行動》的作法，楊逵將反對法西斯主義及支持共同戰線的文章〈進步的作家與共同戰線——對《文學案內》的期待〉，投稿至具有鮮明的反法西斯色彩、主張統一戰線的《時局新聞》的作法，也可以看出楊逵是選擇性地進行投稿。

不管是依文學立場不同所做的選擇性使用筆名，或者依投稿機構的屬性及理念來做選擇性投稿，我們都可以從這些作法看出，楊逵對於當時日本文壇不論是普羅文學派或藝術派的精確了解，是他選擇的依據。

三、「吸收」＋「參與」＋「轉化」

楊逵承認行動主義的方向曖昧不明，但是對於大森義太郎全部否定行動主義的態度提出反對的看法，因為楊逵認為能動精神是一種好的傾向，可以讓小資產階級成為無產階級同盟者，形成進步作家的共同戰線。對於行動主義因方向的曖昧性而可能走向法西斯這個問題，楊逵提出了具實踐性的主張：「立足於現實主義」，以此發展社會性根據，使行動主義的性格具體化，便能避免

被利用而走向法西斯主義。楊逵在談論行動主義的同時，還會提出關於「藝術的目的」、「真正的藝術」等相關論述。當我們進一步觀察楊逵將行動主義和「藝術的目的」、「真正的藝術」的並置討論，就會發現，不論是提倡「立足於現實主義的能動精神」、或者主張「行動主義」＋「傾聽大眾的聲音」的作法，都是楊逵為了克服當時普羅文學淪為自然主義末流所提出的作法，其目的都是為了解決其念茲在茲的普羅文化大眾化的問題。

根據以上的分析，我們清楚了解到，楊逵對於日本文壇動向和理論的「吸收」相當快速，並且能夠精確地理解。不過。楊逵並非就止打住。楊逵在面對日本行動主義的理論和論爭時，總能夠積極地「參與」日本文壇的討論，表達自己贊成或反對的立場。楊逵會更進一步站在普羅文學立場提出有助於普羅文學大眾化的作法。在此我們發現，楊逵面對 1935 年日本普羅文壇理論轉換期所做的功課是，向日本文壇汲取知識來思索推展台灣普羅文學大眾化的方法。

第四章　楊逵與社會主義現實主義

　　當蘇聯在 1917 年革命成功之後，蘇聯的文藝理論成了世界各地普羅文藝理論的源頭，1920-30 年代日本和台灣的普羅文藝理論發展，也直接或間接受到其走向的影響。在 1932 年，社會主義現實主義在蘇聯做為文藝創作方法被提出之後，很快地經由日本左翼文學家傳播到日本，再由台灣左翼知識分子從日本傳播到台灣，我們在這裡看到一條從蘇聯出發、進入日本、再轉入台灣的文藝理論旅程。如同薩依德知名的「理論旅行」主張，當理論旅行到另一個時空時，會因該時空特有的因素而產生轉化並具有其特別的意義。在「蘇聯－日本－台灣」這條文藝理論旅程，社會主義現實主義並非原汁原味地被接受，日本和台灣兩地有著各自的轉化和意義。本章欲考察分別為宗主國和殖民地作家的德永直和楊逵，在普羅文學運動退潮期對於社會主義現實主義的接收和轉化情形，以此思考他們在理論接受過程中顯現的主體性。

　　在展開此一議題時，垂水千惠和趙勳達的研究給予本文重要啟發，以下針對本文欲辯證處略作介紹。垂水千惠（2004，2005，2006）圍繞著德永直、貴司山治與楊逵之間的關係做過系列的考察，指出楊逵在日本普羅文藝理論的接受上，從藝術大眾化轉移到德永直認可的社會主義現實主義，再轉往貴司山治提倡的普羅

大眾文學的過程，以楊逵對於社會主義現實主義的拒絕來論證楊逵在接受左翼理論時展現的主體性。[1]這些論文提供了很多日本文獻資料，為台灣文學研究者打開寬廣的研究路線。本論文第二章受惠於垂水對於《文學評論》及《文學案內》的研究，在這些資料的基礎之上爬梳了德永直與貴司山治發生的第四次文藝大眾化論爭，指出兩人發生論爭的原因在於貴司山治堅持普羅文學大眾化理念，而德永直轉往接受社會主義現實主義，並且將將楊逵的文藝大眾化論述置於日本文藝大眾化語境之中進行比較，說明楊逵為了創造適合台灣的文藝大眾化論述而迅速地接收及回應日本文壇。這個結論與垂水指出的「楊逵在接受左翼理論時的主體性」是一致的。關於垂水認為楊逵拒絕社會主義現實主義這一點，在楊逵評論裡確實可以看到類似的字眼，但本文想從文藝理論內涵的層次提供另一種思考方式。事實上，筆者已從《文學評論》社會主義現實主義論爭的名稱之爭，以及備受楊逵推崇的 N・馬卡里尤夫在〈保持這種水準〉一文中的評論立場和操作方法，指出楊逵對於社會主義現實主義「暗中」抱持肯定的態度[2]。

趙勳達（2009）從中國左翼作家聯盟（1930-1936，簡稱「左聯」）成員周揚引用蘇聯文藝評論家吉爾波丁的論述，指出楊逵對

---

[1]　垂水千惠〈台灣新文學中的日本普羅文學理論受容：從藝術大眾化到社會主義 realism〉《正典的生成：台灣文學國際研討會論文集》（台北：中央研究院中國文哲研究所，2004.7）；〈楊逵所受之左翼思想及其主體性——自社會主義 realism 至普羅大眾文學的回溯〉《第四屆台灣文化國際學術研討會論文集：台灣思想與台灣主體性》（台北：台灣師大台灣文化及語言文學所，2005.10）；〈為了台灣普羅大眾文學的確立——楊逵的一個嘗試〉柳書琴、邱貴芬編《後殖民的東亞在地化思考：台灣文學場域》（台南：國家台灣文學館籌備處，2006）。

[2]　白春燕〈1930 年代臺灣・日本的普羅文學之越境交流——楊逵對日本普羅文學理論的接收與轉化〉《全國台灣文學研究生學術研討會論文集. 第八屆》（台灣文學館，2011.9），頁 42-72。

於社會主義現實主義的批判，乃基於名稱上而非思想內涵上而發，為避免以詞害意而選用了更適合的名稱——殖民地文學[3]。趙勳達從中國文獻入手，筆者從日本文獻展開，在楊逵對於社會主義現實主義的批判出於名稱層面這一點，卻不謀而合。不過，趙勳達根據中國學者編寫的日本文學史，指出德永直反對社會主義現實主義這一點，仍有待斟酌。若從社會主義現實主義論爭的角度來看，德永直確實反對直接搬用蘇聯的理論；但若從社會主義現實主義理念的認同方面來看，誠如垂水指出的，德永直是最早倡議以社會主義現實主義對抗藏原惟人唯物辯證法創作方法，因而被視為造成納爾普解體契機的人物[4]。如同本論文第二章論證的，德永直接受社會主義現實主義是引發第四次文藝大眾化論爭的原因，可知德永直對於社會主義現實主義抱持著肯定的態度。

經由上述研究的提示，筆者擬在楊逵與德永直接收社會主義現實主義的脈絡下，從當時蘇聯文學家對於社會主義現實主義的論述來比對兩人在接收之後的轉化狀況，以此做為筆者考察楊逵文藝理論形構過程中的一環。

第一節　蘇聯文藝理論的發展與傳播

蘇聯關於普羅文藝的創作方法「現實主義」歷經了三次變遷，演變的順序為「無產階級現實主義」、「唯物辯證法創作方法」、「社會主義現實主義」。當我們討論蘇聯文藝理論之一社會主義現實主

---

[3] 趙勳達《文藝大眾化的三線糾葛：一九三〇年代左、右翼知識份子與新傳統主義者的文化思維及其角力》（台南：成功大學台文所博士論文，2009.6），頁 190-193。

[4] 垂水千惠〈楊逵所受之左翼思想及其主體性——自社會主義 realism 至普羅大眾文學的回溯〉《第四屆台灣文化國際學術研討會論文集：台灣思想與台灣主體性》，頁 234。

義的理論旅行時，首先須將社會主義現實主義之前出現的兩個文藝理論一併納入視野，了解它們依循著怎樣的路線和時間點傳播進入日本、中國及台灣，並進一步考察德永直和楊逵在何種普羅文學場域進行了普羅文藝理論的接收，此即本節討論重點。

一、無產階級現實主義

關於無產階級現實主義的發展與傳播，首先是 1920 年代中期，蘇聯的列夫派、崗位派、拉普（俄羅斯無產階級作家協會），以及布哈林、波格丹諾夫、沃隆斯基等人提出了無產階級現實主義的理論表述。日本左翼文藝評論家藏原惟人在 1925 年以日本日刊報紙《都新聞》特派員身分到莫斯科留學，1926 年 11 月回到日本之後，根據蘇聯 1925 年 6 月 18 日俄國共產黨通過〈關於黨在文學方面的政策〉的決議，歸納提出無產階級現實主義。[5]他在前藝（前衛藝術家同盟）機關誌《前衛》1928 年 1 月號發表〈無產階級藝術運動的新階段〉，首次提及無產階級現實主義。之後在納普（全日本無產者藝術連盟）機關誌《戰旗》1928 年 5 月號發表〈前往無產階級現實主義之路〉，正式倡議無產階級現實主義，以此對抗資產階級現實主義。在中國，1928 年 7 月，林伯修翻譯藏原惟人〈前往無產階級現實主義之路〉，以〈到新寫實主義之路〉為名發表於《太陽月刊》停刊號[6]。在台灣，無產階級現實主義的介紹遲至 1932 年 3 月才出現，那是廖毓文翻譯昇曙夢〈最近「蘇

---

[5] 徐秀慧〈無產階級文學的理論旅行（1925-1937）——以日本、中國大陸與台灣〝文藝大眾化〞的論述為例〉《現代中文學刊》2013 年第 2 期（中國上海：華東師範大學出版社，2013.4），頁 37。

[6] 靳明全《中國現代文學興起發展中的日本影響因素》（北京：中國社會科學，2004.9），頁 152。

維埃文壇」的展望〉一文，刊載於《南音》1932 年 3 月號，介紹蘇聯作家肖洛霍夫《靜靜的頓河》等新寫實主義的優良作品。之後，當中國和日本都已經轉換成唯物辯證法創作方法、甚至社會主義現實主義時，吳坤煌在 1933 年 12 月仍提倡藏原惟人在無產階級現實主義時期倡議的繼承文化遺產[7]。而且在 1935 年 1 月，當楊逵推崇 N・馬卡里尤夫依照社會主義現實主義理念的評論立場和操作方法時，林克夫仍倡議新寫實主義[8]。由此可知，無產階級現實主義傳播進入台灣的時間點，不但是「遲到」的，而且呈現出「交叉」的現象。

二、唯物辯證法創作方法

　　唯物辯證法創作方法由拉普提出，最早出現於 1928 年 4 月全蘇第一次無產階級作家代表大會的決議《文化革命和當代文學》：「只有受辯證唯物主義方法指導的無產階級作家能夠創造一個具有特殊風格的無產階級文學流派」[9]。藏原惟人在 1931 年參加蘇聯第二次國際革命作家會議，回國後被任命為日共中央宣傳鼓動部文化團體指導部負責人，為了與第二次國際革命作家會議的方針相適應，藏原主動放棄自己原先主張的無產階級現實主義[10]，在納普後期的機關誌《納普》1931 年 9 月號、10 月號發表〈對於藝術

---

[7]　「藏原先生教誨我們說：『……用批判的態度擷取過去的文化遺產』」吳坤煌〈台灣的鄉土文學論〉《福爾摩沙》2（1933.12）。此處繼承文化遺產的主張可見於藏原惟人〈藝術運動面臨的緊急問題〉《戰旗》（1928.8）。

[8]　H. T. 生（林克夫）〈傳說的取材及其描寫的諸問題〉《第一線》（1935.1）。

[9]　赫爾曼・葉爾莫拉耶夫（Herman Ermolaev）〈「拉普」——從興起到解散〉《Soviet Literary Theory 1917-1934》。引自 張秋華編《「拉普」資料匯編》（北京：中國社會科學社，1981），頁 376。

[10]　靳明全《中國現代文學興起發展中的日本影響因素》（北京：中國社會科學，2004.9），頁 160。

方法的感想〉，開始提倡唯物辨證法的創作方法。在中國，馮雪峰在 1931 年翻譯拉普後期領導核心之一法捷耶夫的《創作方法》，系統地介紹唯物辯證法創作方法。左聯執委會於 1931 年 11 月通過總決議〈中國無產階級革命文學的新任務〉，談到左翼文學的創作方法：作家必須成為一個唯物的辯證法論者[11]。在台灣，未見關於唯物辯證法創作方法的具體論述，不過廖毓文在 1931 年 8 月主張的布爾什維克化（共產主義化）的文學[12]，是藏原惟人發表於《戰旗》1930 年 4 月號的〈「納普」藝術家的新任務──向確立共產主義藝術邁進〉中提出的政治優位性主張，屬於藏原提倡唯物辯證法創作方法同時期的主張之一。若從這個側面來看的話，我們或許可以將此主張視為廖毓文接收到唯物辯證法創作方法的表現。

三、社會主義現實主義

拉普是二十年代及三十年代初期蘇聯文學界最重要的文學組織，它的文學活動對於蘇聯文學發展起了重大的影響，但它在後來複雜的文藝思想鬥爭中犯了錯誤，那就是提倡了唯物辯證法創作方法[13]。拉普為了確立普羅文學的主導和統治地位，以唯物辯證法創作方法概括他們所推崇的現實主義，並在唯物主義和唯心主義兩種世界觀的基礎上，將世界文學二分為兩種基本的創作方

---

[11] 靳明全《中國現代文學興起發展中的日本影響因素》（北京：中國社會科學，2004.9），頁 160。

[12] 「為文學的大眾化……客觀的現實所在要求的也是以歷史的必然性的社會的價值為目的底文學，即所謂『布爾塞維克』的『普魯文學』」。毓文（廖毓文）〈給黃石輝先生──鄉土文學的吟味〉《昭和新報》140、141 號（1931.8.1、8.8）。引自 中島利郎編《一九三○年代台灣鄉土文學論戰資料彙編》（高雄：春暉，2003.3），頁 65~68。

[13] 李輝凡〈"拉普"初探〉中國社會科學院外國文學研究所蘇聯文學研究室編《蘇聯文學史論文集》（北京：外語教學與研究出版社，1982），頁 64。

法：現實主義和浪漫主義。由於過度簡單搬用哲學思維原則，要求作家應具有高度共產主義的世界觀及政治意識形態，而受到很大的非議[14]。因此，在 1932 年 4 月，蘇聯共產黨中央委員會發表「文學藝術團體的再組織」（文学芸術団体再組織）決議，要求解散拉普為首的宗派化的文學運動組織，組成單一的蘇聯作家協會；並且排斥唯物辯證法創作方法，要求作家對於世界觀和方法的關係要有新的理解，以此促進作家在社會主義方面的成長，正式提出社會主義現實主義作為蘇聯文藝未來發展的口號[15]。1932年 5 月 20 日，蘇聯作家協會籌備委員會主席格隆斯基首先倡議，以社會主義現實主義做為蘇聯文學的基本創作方法[16]。1934 年 8月 22 日，第一次蘇聯作家大會公認社會主義現實主義是文學藝術的創作方法之一，將其原則寫入蘇聯作家協會章程中，要求作家以真實、歷史的具體性來描寫革命發展歷程中的真實性。

在日本，蘇聯文學研究者上田進在 1932 年 11 月《馬克思列寧主義藝術學研究》第 2 號發表〈蘇聯文學運動方向轉換之理論考察〉（ソヴェート文学運動の方向転換の理論的考察）介紹克隆斯基演講的部分內容。克隆斯基說道：「我們要求作家只要單純地描寫現實，將辯證法性質的蘇聯正確地描寫出來」，並且將這樣的方法稱為「社會主義現實主義」[17]。接著，上田進在日本無產階級作家同盟（1929.2-1934.2，簡稱「作家同盟」）機關誌《普羅文學》1933 年 2 月號介紹克隆斯基與吉爾波丁在蘇聯作家協會第一次組

---

[14] 陳順馨《社會主義現實主義理論在中國的接受與轉化》（合肥：安徽教育，2001.4），頁 34。

[15] 平野謙、小田切秀雄（代表）、山本健吉《現代日本文学論争史 中巻》（東京：未來社，2006.9），頁 539~540。黑田辰男譯〈ソヴェト作家同盟の新規約決定〉《文學評論》（1934 年 7 月號），頁 106-108。

[16] 葉水夫編《蘇聯文學史 第一卷》（北京：中國社會科學，1994.10），頁 278。

[17] 栗原幸夫《プロレタリア文学とその時代》（東京：平凡社，1978.1），頁 216。

織委員會總會上的報告摘要，指出唯物辯證法創作方法是不正確的，取而代之的是社會主義現實主義及革命的浪漫主義。這個訊息傳進日本之後，日本普羅文學運動開始對唯物辯證法創作方法進行批判[18]。德永直於 1933 年 9 月在綜合雜誌《中央公論》發表〈創作方法上的新轉換〉（創作方法上の新転換）指出，自從藏原惟人在〈對於藝術方法的感想〉提倡唯物辯證法創作方法以來，日本普羅文學家花了一年半的時間埋首其中，卻只發現唯物辯證法創作方法這句話本身沒有任何具體性。德永發出了身為普羅作家的吶喊：「為了理解唯物辯證法創作方法，我們的作家花費了多大的努力啊？……看看我們達到的是什麼，那就是我們終於了解這個創作方法的提倡是多麼的機械、多麼的觀念」[19]。德永援用吉爾波丁的社會主義現實主義論，對於被視為金科玉律的藏原惟人〈對於藝術方法的感想〉，以及承襲於此的納普指導部的政治主義做出強烈的反抗，倡議轉換新的創作方法。

在中國，曾經留學日本的周揚觀照日本普羅文學，於 1933 年 4 月在《現代》發表〈關於社會主義的現實主義與革命的浪漫主義〉，第一次將社會主義現實主義介紹到中國，是左聯徹底否定唯物辯證法創作方法的開始。在台灣，無明確說法指出社會主義現實主義何時被介紹進來。目前最早見於《台灣文藝》1935 年 2 月號〈北部同好者座談會記錄〉裡林克夫的發言，以及刊載於同一期的郭天留（劉捷）〈對於創作方法的雜感〉（創作方法に対する斷想）一文，但這些都是零星介紹，未見具體論述。不過，如同筆者過去論證的，楊逵於 1935 年 1 月發表〈台灣文壇一九三四年

---

[18] 佐藤靜夫〈解說〉《日本プロレタリア文学評論集》7 卷（東京：新日本，1990.12），頁 467。

[19] 德永直，〈創作方法上の新転換〉《日本プロレタリア文学評論集》，頁 267。

的回顧〉（台湾文壇一九三四年の回顧）時，已透露他吸收到社會主義現實主義理論的訊息，並於 1935 年 7、8 月間發表〈新文學管見〉提出進一步的論述，是當時台灣能夠具體討論社會主義現實主義的作家[20]。

為了明確掌握前述蘇聯文藝理論傳播至日本、中國、台灣的時間點，筆者以簡表的形式整理如下：

		蘇聯	日本	中國	台灣
1	無產階級現實主義	1920 年代中期	1928.1 藏原惟人	1928.7 林伯修	1932.3 廖毓文 1933.12 吳坤煌 1935.1 林克夫
2	唯物辯證法創作方法	1928.4	1931.9 藏原惟人	1931.11 左聯執委會決議	1931.8 廖毓文
3	社會主義現實主義	1932.5.20	1932.11 上田進	1933.4 周揚	1935.1 楊逵 1935.2 林克夫、 劉捷

由上表可見，這三種文藝理論傳播至日本和中國的時間點相差不大，但傳播至台灣的時間點出現明顯的落差，尤其無產階級現實主義在 1928 年進入日本和中國，卻遲至 1932 年才進入台灣。另外，蘇聯提倡這三種文藝理論的先後順序，與傳播至日本、中國的先後順序一致（日本：（1）1928.1→（2）1931.9→（3）1932.11。中國：（1）1928.7→（2）1931.11→（3）1933.4），但是傳播至台灣的先後順序並不一致（台灣：（1）1932.3→（2）（1931.8）→（3）1935.1）。由於理論的不等時距的「遲到」，造成理論「交叉」進入

---

[20] 白春燕，〈1930 年代臺灣・日本的普羅文學之越境交流 ──楊逵對日本普羅文學理論的接收與轉化〉《全國台灣文學研究生學術研討會論文集. 第八屆》（台灣文學館，2011.9)，頁 58-65。

台灣，也被交錯地談論著。台灣普羅文學運動沒有像日本和中國那樣地與普羅政治運動共時並進，甚至是在普羅政治運動被鎮壓後才開始的。這是台灣普羅文化運動衰微的表現，但從創作自由的層面來看，台灣普羅文學家面對這些交錯進入的文藝理論時，無需受制於政治化的要求，反而能夠更有彈性、更自由地汲取適合的養分以應用於台灣普羅文學運動。

在 1931 年 9 月滿州事變以來的軍國主義風潮中，普羅文化運動組織克普（日本普羅文化聯盟）頻頻受到鎮壓，小林多喜二在 1932 年 2 月被虐殺，藏原惟人、中野重治、貴司山治等多位左翼分子在 1932 年 3、4 月之間被檢舉入獄，克普機關誌《普羅文化》每期皆遭發禁。社會主義現實主義在 1932 年 2 月傳入日本時，克普實質上已呈解體狀態。當德永直在 1933 年 9 月倡議〈創作方法上的新轉換〉時，黨中央對日本普羅文學作家的政治優位性的要求已然消失，日本普羅文學場域變得與楊逵 1935 年談論社會主義現實主義時的台灣普羅文學場域極為類似。尤其 1934 年 2 月普羅作家組織納爾普解散之後，普羅文化運動完全停擺。當時身為書記長的鹿地亙在《文學評論》1934 年 4 月號發表〈關於「納爾普」的解散〉（ナルプの解散について）明確指出，受到政治功利性的要求而對文學創作感到苦惱的時代已經過去，納爾普的解散可以讓作家們在各自的界限內自由地開拓道路。也就是說，納爾普的解散造成日本普羅文學運動的衰微，但從另一個角度來看，也因此讓日本普羅文學家從前述德永直在〈創作方法上的新轉換〉裡表達的文學創作的束縛中解放出來，得以自由地進行創作。

關於文藝理論接收的過程，賴松輝亦曾指出除了少數理論家因身處莫科得以掌握第一手資料，其餘不管是日共、中共或台灣作家，都很難理解遠在蘇聯的複雜鬥爭，都吸收了許多矛盾的理

論去建立自己的理論[21]。賴氏所謂的「矛盾的理論」，應是以蘇聯為本位來看待接收國的理論接收狀況，將不同於蘇聯發展現況的文藝理論視為「矛盾」。但若站在建立適合吸收國理論的立場來看，即使傳播者正確掌握理論資料，但為了適用於當地文藝大眾化發展，在接收傳播時自然會有所轉化，這成了所謂「矛盾的理論」。不過，筆者認為這個轉化的意義不在於是否矛盾，而在於文學家在接收過程中顯現的主體性。因此，本文不討論第一手資料在接收時出現怎樣的「矛盾」，而是要考察文學家吸收理論去建立自己的理論時呈現的主體性。

透過本小節的梳理，我們已能概略了解文藝理論依序進入日本普羅文學場域，對日本文藝政策有過強力的指導，但在社會主義現實主義傳入時，黨中央已無法對日本普羅文學家要求政治優位性。而在台灣方面，文藝理論的傳播呈現不等時距的遲到狀況，在缺乏政治指導束縛的普羅文學場域被交叉提出；我們也了解到德永直和楊逵在同樣處於沒有黨中央政策束縛情況下進行了普羅文藝理論的接收。接下來，筆者將從德永直和楊逵在普羅文學運動退潮期對於社會主義現實主義的接收和轉化，考察兩人在接收過程中顯現的主體性。

第二節　旅行到中國—日本—台灣的　　　　　社會主義現實主義

1934 年 10 月，楊逵的小說〈送報伕〉入選德永直擔任編輯的《文學評論》第二獎時，德永曾指出〈送報伕〉若要成為大眾化

---

[21] 賴松輝《日據時期台灣小說思想與書寫模式之研究（1920-1937）》（台南：成功大學中文系博士論文，2002.7），頁 171。

的小說，就必須要有高度的形象化[22]。楊逵寫信向德永直請教何謂「高度的形象化」，德永回信道，對於這個他目前也在思考的「高度的形象化」問題，很難具體說明，故以他的作品〈我的「黎明期」〉（私の「黎明期」）為例來做為回答[23]。〈我的「黎明期」〉是德永直發表於《文學評論》1934 年 7 月號的自傳式作品，被認為是他對於社會主義現實主義的創作方法的實踐[24]。由此可以了解，此時的德永直一直在思考的，便是如何實踐社會主義現實主義，重點之一便是「形象化」，而這也是被公認為蘇聯社會主義現實主義文學奠基人的高爾基（Maxim Gorky）[25]對於社會主義現實主義的見解之一。同樣地，楊逵的論述裡也有相同的主張。以下小節的重點首先放在德永直和楊逵的文藝理論內涵，與高爾基的社會主義現實主義論進行比對，說明德永直和楊逵對於社會主義現實主義抱持的態度，以及社會主義現實主義已被德永直和楊逵接收至日本和台灣的事實。

一、對於社會主義現實主義的接收

貴司山治在第四次文藝大眾化論爭時曾指出德永直的文學理念：「從文學形象化的觀點（手法、題材的選擇、描寫方法等），設法使文學達到意識形態的高峰，也就是，從探求真正藝術各種條件的觀點，讓我們的世界觀在藝術裡得到完成。／當然，這是

---

[22] 德永直等人〈「新聞配達夫」について〉《文學評論》（1934 年 10 月號），頁 198。

[23] 德永直〈形象化について〉《台灣文藝》（1935 年 2 月號），頁 13-14。

[24] 鶴彬〈定型律形式及び図式主義への闘爭〉《川柳人》263 號（1934.9.1）。

[25] 弗・伊凡諾夫著，曹葆華、徐云生譯《蘇聯文學思想鬥爭史 1917-1932》（北京：作家出版，1957），頁 234。

來自於蘇聯文學的社會主義現實主義的影響」[26]，以及德永曾表達對高爾基的敬意：「筆者以滿懷的敬意說，高爾基是世界普羅文學之父。進步的作家、尤其是勞動者出身的作家，比起世界上任何作家、更應該向高爾基學習其對於『現實』的觀察方法、以及挖掘坑道的方法」[27]。德永呼籲進步的勞工作家，最應該學習高爾基觀察現實的方法。由此可知，德永直認同高爾基的社會主義現實主義理論一事已無庸置疑。

楊逵在 1935 年 1 月建議台灣評論家應以更高的觀點進行評論，學習蘇聯評論家 N・馬卡里尤夫在〈保持這種水準〉一文中展現的評論態度[28]。〈保持這種水準〉譯載於《文學評論》1934 年 9-11 月號，對於肖洛霍夫的作品《被開墾的處女地》和《靜靜的頓河》做出了精闢的、解剖性的分析[29]。《被開墾的處女地》以社會主義現實主義方法描寫蘇聯農民如何走向集體農場化，受到 1930 年代評論家一致的肯定，將之視為「真實地而且以巨大的綜合力揭示了主題的全部複雜性」[30]，同時也受到當時蘇聯讀者的喜愛和歡迎。相對於此，肖洛霍夫另一部作品《靜靜的頓河》雖然使他在 1965 年獲得諾貝爾文學獎，但在 1930 年代當時被視為矛盾的作品，評價毀譽參半。N・馬卡里尤夫在評論《靜靜的頓河》時，不願以唯物辯證法的世界觀強壓在創作方法之上，捨棄唯物辯證法創作方法，改以社會主義現實主義的評論手法為這部充滿

---

[26] 貴司山治〈『実録文学』の主張〉《文藝》（1935 年 5 月號），頁 157~158。

[27] 德永直〈ゴルキーに關する斷片〉《文學評論》（1934 年 3 月號），頁 60。

[28] 楊逵〈台湾文壇一九三四年の回顧〉《台灣文藝》（1935 年 1 月號）。引自《楊逵全集》第 9 卷，頁 117~118。

[29] 文學評論編集部〈「この水準を守れ！」について〉《文學評論》（1934 年 9 月號），頁 16。

[30] 弗・伊凡諾夫著，曹葆華、徐云生譯《蘇聯文學思想鬥爭史 1917-1932》（北京：作家出版，1957），頁 299。

矛盾的作品找出意義，並形塑肖洛霍夫進化的過程。楊逵推崇 N·馬卡里尤夫〈保持這種水準〉，而 N·馬卡里尤夫在此採用的是社會主義現實主義的評論立場和操作方法，由此可以看出楊逵對於社會主義現實主義的肯定態度。

經由以上的梳理，我們已能確定德永直和楊逵對於社會主義現實主義的認同態度。接下來筆者將以高爾基的社會主義現實主義論述為基礎，從德永直和楊逵在普羅文學運動退潮期發表的文藝大眾化論述，找出相同於高爾基的見解，說明社會主義現實主義已被德永直和楊逵接收至日本和台灣的事實。

高爾基的〈論社會主義現實主義（社会主義のリアリズムについて）〉寫於 1933 年，譯載於《文學評論》1935 年 3 月號，採納社會主義現實主義作為蘇聯文學的創作方法：

> 文學者──「藝術家」應有能力從我們廣闊豐富的語彙寶庫中選出最正確明瞭、最有力量的文字。在章句之間依據文字的意思、正確且諧調地配置這些文字，才能將作者的思想予以形象化，提供鮮明的情景，讓讀者宛如親眼所見似地讓筆者描述的人們以鮮活的姿態呈現出來。
>
> 文學者除了必須仔細研究文字之外，還必須有能力從這些文字裡挑選最簡潔、精簡適宜、鮮明優美的文字，達到高度的文章效果。除此之外，為了同時扮好助產婦及堀墓人這兩個角色，還必須充分熟悉過去的歷史和現在的社會現象。
>
> 為了讓我們能夠簡單明瞭地呈現過去受毒害的、罪惡的醜陋，我們必須讓自己有能力站在我們已到達的高峰、以及未來偉大目的的高峰來進行觀察。這個高度的觀點可

以為我們的文學賦予新的層次，有助於創造新的形式，創
造我們需要的新傾向——社會主義現實主義，並且喚起自
傲及歡喜的熱情。[31]

高爾基主張文學者必須仔細研究文字，挑選精簡鮮明的字句來達
到文學的形象化；並且要求作家從無產階級現在已達到的高峰，
以及未來偉大目標的高峰來觀察現在和過去，挖掘過去的醜惡，
為未來創造新的形式，以此創造社會主義現實主義這個新傾向。
以下從「以簡明的文字創造形象化」、「固守普羅階級的限度」、
「創造典型」這三種社會主義現實主義內涵審視從德永直和楊逵
的論述。

　　在「以簡明的文字創造形象化」方面，高爾基主張「仔細研
究文字，挑選精簡鮮明的文字來達到文學的形象化」；德永直主張
「一切崇高的藝術原本就是非常單純樸實的，我相信最簡單明瞭
的就是最崇高的」[32]；楊逵主張「努力寫得淺顯易懂，絕不會失去
『趣味』」[33]、「光追求理論是不夠的，必須寫出能夠感動讀者的作
品，必須形象化才行」[34]。

　　在「固守普羅階級的限度」方面，高爾基主張站在無產階級
已到達的高峰來進行觀察；德永主張堅持普羅階級的限度，「即使
要談文學大眾化，但也不能超越一定的界限」[35]；楊逵主張以無產
階級屹立不搖的世界觀來掌握真實的現實主義[36]。

---

[31] 高爾基〈社会主義的リアリズムについて〉《文學評論》（1935 年 3 月號），頁 74~75, 78。
[32] 德永直〈三四年度の批判と三五年度への抱負　新人座談会〉《文學評論》（1935 年 1 月號），頁 19~20。
[33] 楊逵〈屁理屈〉《新潮》（1935 年 6 月號）。引自《楊逵全集》第 9 卷，頁 200~201。
[34] 楊逵〈新文學管見〉《台灣新聞》1935.7.29~8.14。引自《楊逵全集》第 9 卷，頁 303。
[35] 德永直〈小說勉強（二）〉《文學評論》（1935 年 5 月號），頁 135。
[36] 楊逵〈新文學管見〉《楊逵全集》第 9 卷，頁 299。

在「創造典型」方面，高爾基認為，塑造新的英雄人物形象是社會主義現實主義肯定精神的主要表現。為了塑造英雄形象，作家必須學會運用虛構、誇張的藝術手法[37]；德永直指出，現在大眾需要的，不是超人式的英雄，而是具有普遍性、大眾性的平凡英雄。唯有如此，才能創造出新的典型[38]；楊逵認為寫小說時，需要作者的想像力、關於現實社會的廣泛知識，以及不同個性的人物心理變化的知識。說難聽一點，就是需要說謊的天才[39]。

經由以上的梳理，我們已能確定德永直和楊逵在普羅文學運動退潮期思考文藝大眾化的問題時，其根據的源頭就是高爾基的社會主義現實主義，也證實社會主義現實主義已被德永直和楊逵接收至日本和台灣。在下一小節，將比較兩人在轉化上的共同點和差異點，並找出造成兩人差異的原因。

二、對於社會主義現實主義的轉化

本論文第二章已論證德永直對於社會主義現實主義的吸收與轉化過程。德永直在 1933 年 9 月發表〈創作方法上的新轉換〉，將藏原惟人 1931 年 9 月號提倡的唯物辯證法創作方法批判為機械論及觀念論，要求將創作方法轉換為社會主義現實主義，但同時表示不可照搬理論，應關照蘇聯和日本之間在社會現實上的差異，主張從無產階級現實主義重新出發。

德永主張的無產階級現實主義，是藏原在 1928 年 5 月〈前往無產階級現實主義之路〉提倡的文藝政策，文中指出「資產階級

---

[37] 關鍵詞：高爾基。中國百科網（http://www.chinabaike.com/）。2012.05.22 查閱。
[38] 德永直〈島木の作風について〉《文學評論》（1936 年 2 月號），頁 78~79。
[39] 楊逵〈文芸批評の基準〉《台灣文藝》（1935 年 4 月號），頁 161。

現實主義」是近代資產階級文學的自然主義秉持著現實主義出發，他們對於現實的認知態度是非社會的、個人的，但卻要求自然科學者的客觀性。由於他們不具有社會科學者的客觀性，這使得他們的現實主義無法進行整體的描繪。藏原指出，為了要克服「自然主義現實主義」，必須要以無產階級前衛的「眼光」來觀看世界，並且要抱持嚴正的現實主義者的態度來描寫，這是「無產階級現實主義」者惟一的道路。也就是說，藏原為了克服舊的現實主義（資產階級現實主義），提出了新的現實主義（無產階級現實主義），主張站在階級的觀點來客觀地描寫現實，不可忽略藝術反映生活的需要，重視作品的真實性與客觀性[40]。德永認同社會主義現實主義，但認為不應機械地搬用理論，故主張回到無產階級現實主義，因為這是具有階級意識又能重視作品的真實性與客觀性的起點。德永從「社會主義現實主義」到「無產階級現實主義」的主張，正是他接收社會主義現實主義之後予以轉化的表現。

關於楊逵的轉化，表現在其最重要的論述「真實的現實主義」。賴松輝指出，台灣普羅文論強調唯物史觀意識形態的重要性，只將文藝視為政治鬥爭的工具，文學的藝術性被棄之不顧，尤其缺乏文藝創作方法——現實主義。直到 1930 年代中期，楊逵提出真實的現實主義，才將現實主義納歸於普羅文藝理論之中[41]。楊逵的真實的現實主義產生自對於社會主義現實主義的反思，他首次直接談論社會主義現實主義，是在 1935 年 7、8 月間發表於

---

[40] 藏原惟人〈プロレタリア・レアリズムへの道〉《戰旗》（1928 年 5 月號）。引自 新日本出版社編集部編《日本プロレタリア文学評論集》4 卷（東京：新日本，1990.7），頁 124。

[41] 賴松輝〈論台灣 1930 年代初期的普羅文藝理論〉《台灣文學評論》10 卷 2 期（台南：台南市立圖書館，2010.4），頁 74。

《台灣新聞》的〈新文學管見〉：

> 有關社會主義現實主義（社会主義リアリズムについて）：
> 為了和被通認為自然主義末流的低俗現實主義做區隔，即
> 使我在現實主義之上冠上真實的這個詞，真實的現實主義
> （真のリアリズム）這句話卻也恐怕難免會被批判為忽略
> 了階段性。大概是為了強調這個階段性，森山、中野、德
> 永等人才從蘇聯引進社會主義現實主義，這是可以理解
> 的。他們主張所謂社會主義現實主義，就是要掌握邁向社
> 會主義之途的真實性，這樣的主張是可以了解的。[42]

楊逵主張真實的現實主義，是為了與「自然主義末流的低俗現實
主義做區隔」，但也承認「恐怕難免會被批判為忽略了階段性」。
宮本百合子曾指出，蘇聯指導者依照 1921 年的新經濟政策，欲將
普羅文學運動推展至國際規模，為了在文學方面確立無產階級主
導性而提出社會主義現實主義。過去數年來以唯物辯證法創作方
法為口號進行實踐之後，已有所成果，也有所缺陷。蘇聯指導者
為了以更高的觀點來發展列寧馬克斯主義，採用社會主義現實主
義來批判這些成果和缺點[43]。也就是說，社會主義現實主義的提出
是為了跨越唯物辯證法創作方法這個階段。楊逵所說的「階段
性」，便是指克服唯物辯證法創作方法、前往社會主義現實主義的
這個階段。楊逵明白社會主義現實主義代表的階段性，也了解德
永直等人從蘇聯引進社會主義現實主義是為了強調這個階段性。

---

[42] 楊逵〈新文学管見〉《楊逵全集》第 9 卷，頁 296~297。
[43] 宮本百合子，〈社会主義リアリズムの問題について〉《文化集團》（1933 年 11 月
　　號）。引自　平野謙、小田切秀雄（代表）、山本健吉《現代日本文學論爭史　中卷》
　　（東京：未來社，2006.9），頁 282。

不過在當時的台灣，普羅文化運動並沒有形成唯物辯證法創作方法的階段，即使提出新的現實主義，也無需強調階段性。楊逵了解自己提倡的真實的現實主義可能會被批判忽略了階段性，但仍堅持提出，因為他已認清了台灣「無階段性」的事實。另外，楊逵進一步說明採用「真實的現實主義」一詞的理由：

在以《文學評論》為主的刊物中，看見了這種討論（筆者注：對於社會主義現實主義名稱之爭）後，我們深深感覺到人類言詞貧乏的悲哀。……今天如果不加注釋，我們想說的東西便無法讓讀者大眾留下明確印象的話，那我寧可主張使用真實的現實主義這個名詞。[44]

楊逵認為日本普羅家提出的「反資本主義現實主義」或「革命的現實主義」，都無法將非普羅因素完全排除，令人感到「人類言詞貧乏的悲哀」。楊逵在認清人類言詞的貧乏之後，決定採用最質樸的真實的現實主義一詞。

楊逵指出「自然主義現實主義的社會根源」在於「曾經是具有革命色彩的資產階級文學反映了當時的社會生活的黑暗面，逐漸變得頹廢虛偽」、「他們所擁抱的現實主義並非現實主義，而是扭曲了的觀念論」[45]。楊逵「為了和被通認為自然主義末流的低俗現實主義做區隔」，故在現實主義之前冠上「真實」一詞。也就是說，楊逵的真實的現實主義要對抗的是「虛假的現實主義」，那是「自然主義末流的現實主義」，也就是走到末路的「自然主義現實主義」。

---

[44] 楊逵〈新文學管見〉《楊逵全集》第 9 卷，頁 297。
[45] 楊逵〈新文學管見〉《楊逵全集》第 9 卷，頁 287-291。

反觀藏原提倡的「無產階級現實主義」，也是為了克服無法客觀描寫社會的「資產階級現實主義」，主張應站在普羅階級立場來描繪現實。楊逵為了克服觀念的、頹廢虛偽的「自然主義末流的現實主義」，反思社會主義現實主義，提出真實的現實主義，主張以普羅階級的世界觀來掌握「現實」，客觀地描寫社會現實的必然。兩人皆從資產階級現實主義的對立面出發，提倡站在普羅階級立場的現實主義，可見楊逵吸收到了藏原在 1928 年「無產階級現實主義」時期的主張，將之溶入自己真實的現實主義之中。

　　透過上述德永直－藏原惟人、楊逵－藏原惟人的理論內涵比對，我們可以確定楊逵提出的真實的現實主義，就是德永直在 1932 年回過頭來提倡藏原惟人在 1928 年主張的「無產階級現實主義」，因為它們都是為了跟「資產階級現實主義」（自然主義現實主義）做區分所提出的。因此，楊逵從「社會主義現實主義」走向「真實的現實主義」，德永直從「社會主義現實主義」走向「無產階級現實主義」，都殊途同歸地回到藏原在 1928 年為了對抗資產階級的「自然主義現實主義」而提出的「無產階級現實主義」。

　　論述至此，我們可以指出德永直和楊逵在轉化上的共同點是，兩人在面對社會主義現實主義時，並沒有機械地搬用，而是加以轉化，以求適用於各自的普羅文學環境，充分體現做為接收國的文學家的主體性。但這裡存在著一個差異點，那就是德永直提出無產階級現實主義，而楊逵卻提出自己發明的真實的現實主義。接下來將從日本與台灣兩地的差異性，找出造成兩人差異的原因。

　　德永直和楊逵的吸收和轉化過程一樣，但兩人所處的場域不同。在日本普羅運動的蓬勃期，經由文藝理論旗手藏原惟人的推動、以及上田進等蘇聯文學者的譯介下，日本文藝理論緊跟著

蘇聯普羅文藝發展而改變，蘇聯三種文藝理論依發生順序先後進入日本，對當時興盛的日本普羅運動造成極大的影響。對於日本普羅運動的作家和讀者而言，無產階級現實主義是大家共同的經驗，是存在於普羅運動中的詞彙。德永直在日本普羅運動共通的土壤之上提出無產階級現實主義，不需解釋就能讓讀者明確了解。

但是在台灣，由於文藝理論的遲到及交叉出現，再加上殖民地台灣的普羅運動受到比宗主國日本更大的壓制，文學運動在政治運動衰微之後才開始發展，文藝理論沒有受到政治實質的束縛，無法在台灣普羅文學運動形成共同體驗。楊逵想提倡的，跟德永直一樣是無產階級現實主義，但這個詞彙不曾在台灣普羅文化運動中被實踐過，若採用無產階級現實主義一詞，反而會落入跟採用社會主義現實主義時相同的窘境：「如果不加注釋，我們想說的東西便無法讓讀者大眾留下明確印象」。楊逵之所以沒有像德永直那樣提出無產階級現實主義，乃基於台灣讀者對於無產階級現實主義用語不熟悉，為了避免以詞害意，故提出最樸實的名稱——真實的現實主義。因此，德永直與楊逵的主張在內涵上相同、但名稱上不同的原因，在於殖民地台灣不似宗主國日本有過無產階級現實主義的共同體驗，使得楊逵必須改採更單純的名稱。楊逵為我們展示的是，他在面對社會主義現實主義時，腳踏於殖民地台灣土地的現實之上，勇敢地顯現其作為理論轉介者的主體性。

第五章　結論

　　本論文從文藝大眾化論述、行動主義文學、社會主義現實主義三個方面考察楊逵如何關注日本中央文壇的動向，以及如何將之轉化為適合台灣的文學理論。

　　楊逵的文藝大眾化論述展現了他做為普羅文學家立場的觀點及對於普羅文學大眾化的思考。楊逵為了堅持其普羅文學立場，主張反對藝術至上主義、重視作品主題的社會性、掌握屹立不搖的世界觀，以藏原惟人的無產階級現實主義論為依歸，可以看到來自於堅持普羅派現實主義的德永直給予的啟發性。另一方面，楊逵為了推動普羅文學大眾化，提出捨棄文壇式的方言、向大眾雜誌學習捉住大眾的表現方法、小說應淺顯易懂、讓讀者大眾參與文藝評論、在資產階級報紙發表普羅文學作品等具體實踐方法，是楊逵吸收日本文壇動向後轉化成適合台灣普羅文化大眾化的作法，可以看出來自於以柔軟姿態尋求普羅文學大眾化的貴司山治的提示。綜觀楊逵的文藝大眾化論述，可以看出德永和貴司的啟發，但也可發現楊逵經過轉化之後的應用。此外，楊逵積極且快速地回應日本文壇，並且投稿於日本雜誌，將殖民地普羅文壇的意見帶進日本中央文壇，為台灣作家找到發聲位置。也就是說，楊逵「吸收」日本文壇動向，受到德永和貴司的啟發，並且以「參與」及「轉化」的方式展現了他做為台灣殖民地作家的主體性。

楊逵的「吸收」＋「參與」＋「轉化」的模式也可見於他的行動主義文學論述。楊逵認為能動精神是一種好的傾向，可以讓小資產階級成為無產階級同盟者，形成進步作家的共同戰線，但也指出行動主義因方向的曖昧性而可能走向法西斯這個問題。楊逵「吸收」到日本行動主義文學之後，積極地「參與」日本文壇的討論，並且提出自己「轉化」之後的主張：行動主義文學應立足於現實主義，才能發展社會性根據，使行動主義的性格具體化，避免被利用而走向法西斯主義。這是楊逵為了克服當時普羅文學淪為自然主義末流所提出的作法，其目的都是為了解決其念茲在茲的普羅文化大眾化的問題。

　　關於社會主義現實主義方面，筆者透過楊逵與德永直對於社會主義現實主義吸收與轉化的異同比較，指出兩人在面對社會主義現實主義時，都沒有機械地搬用，而是加以轉化，以求適用於各自的普羅文學環境，充分顯現兩人在理論接受過程中的主體性。德永直從社會主義現實主義走向無產階級現實主義，楊逵從社會主義現實主義走向真實的現實主義，殊途同歸地回到藏原惟人在1928年提出的無產階級現實主義。但楊逵進一步觀照殖民地台灣對於蘇聯文藝理論術語的不熟悉，捨棄無產階級現實主義一詞，採用最質樸的「真實的現實主義」用詞。殖民地台灣普羅文學運動比宗主國日本受到更多鎮壓，造成台灣普羅文藝理論實踐的不夠「到位」，使得楊逵必須比德永直多了這個轉折的思考，也因此為我們展示了吸收轉化行為因場域不同而形成的差異性。

　　本文釐清楊逵面對1935年前後日本普羅文壇理論轉換期所做的功課，那就是向日本文壇汲取知識來思索推展台灣普羅文學大眾化的方法，也論清了楊逵一直在進行著「吸收」、「參與」、「轉化」的過程。在這個普羅文學運動的大退潮時期，普羅文學理論

也必須有所轉換，楊逵除了思索台灣普羅文學大眾化的問題，還積極地參與日本中央文壇的討論，將殖民地文壇的意見帶進日本文壇，讓台灣文壇能與日本文壇進行共時性的對話，使得以往台灣殖民地文壇是日本中央文壇的亞流的舊有觀點得以突破。在此，普羅文學理論轉換期的驍將楊逵的形象躍然而出，其積極性和戰鬥性令人感到由衷的欽佩。

▍參考文獻

一、日文（五十音順）

1.雜誌・報紙

《行動》1 巻 1 号~3 巻 9 号，豐田三郎編（東京：紀伊国屋出版部，
　　1933.10-1935.9）

《時局新聞》創刊-164 号，長谷川国雄編（東京：時局新聞社，
　　1932.8.15-1936.7.6），引自《時局新聞 全 2 巻》復刻版 （東京：不
　　二出版，1998.6）。

《種蒔く人》1 巻 1 号~5 巻 2 号（東京：種蒔き社，1921.2-1923.8）

《文芸戦線》1 巻 1 号~7 巻 12 号（東京：文芸戦線社，1924.6~1930.12）

《プロレタリア藝術：日本プロレタリア藝術聯盟機關誌》1 巻 1 号~2
　　巻 3 号（東京：マルクス書房，1927.7~1928.4）。

《前衛》1 年 1 号~1 巻 4 号（東京：前衛芸術家同盟，1928.1~1928.4）。

《戦旗》1 巻 1 号~2 巻 1 号，上野壯夫編（東京：全日本無產者芸術聯
　　盟本部，1928.5~1929.1）

《戦旗》2 巻 1 号~4 巻 10 号，上野壯夫編（東京：戦旗社，1929.2~1931.12）

《プロレタリア文化》1 巻 1 号~3 巻 9 号，波多野一郎編（東京：日本
　　プロレタリア文化聯盟，1931.12~1933.12）

《プロレタリア文学》1 巻 1 号~2 巻 6 号，江口渙編（東京：日本プロ
　　レタリア作家同盟，1932.1~1933.10）

《文化集團》1 巻 1 号~3 巻 2 号（東京：文化集団社，1933.6~1935.2）。

《文学評論》1 巻 1 号~3 巻 8 号，渡邊順三編（東京：ナウカ社，
　　1934.3~1936.8）

《星座》1 卷 1 号~3 卷 9 号（東京：星座社，1935.4~1937.9）

《文学案内》1 卷 1 号~3 卷 4 号，丸山義二編（東京：文学案内社，
　　1935.7~1937.4）

《實錄文學》1 卷 1 号~2 卷 4 号，笹本寅編（東京：実録文学研究会，
　　1935.10~1936.4）

《人民文庫》1 卷 1 号~3 卷 1 号，本庄陸男編（東京：人民社，
　　1936.3~1938.1）

《詩精神》1 卷 1 号~2 卷 10 号（東京：前奏社，1934.2~1935.12）→《詩
　　人》と改題，卷次継承

《詩人》3 卷 1 号~3 卷 10 号，貴司山治、遠地輝武編，（東京：文学案
　　內社，1936.1~1936.10）

2.著書

飛鳥井雅道《日本プロレタリア文学史論》（東京：八木書店，1982.11）。

池田浩士編《〈大眾〉の登場―ヒーローと読者の 20~30 年代》（文学史
　　を読みかえる）②（東京：インパクト出版会，1998.1）。

井上ひさし・小森陽一編《座談会　昭和文学史　第三卷》（東京：集英
　　社，2003.11）。

浦西和彦編『『文学案内』解題・総目次・索引》（東京：不二，2005.6）。

尾崎秀樹《旧植民地文学の研究》（東京：勁草書房，1971.6）。

尾崎秀樹《大眾文学》（東京：紀伊国屋，1994.1）。

尾崎秀樹《大眾文学論》（東京：講談社，2001.5）。

小田切秀雄編《日本文学史－大学教養選書》（東京：北樹出版，1985.3）。

片上伸、平林初之輔、青野季吉、宮本顕治、藏原惟人《片上伸、平林
　　初之輔、青野季吉、宮本顕

治、藏原惟人集》現代日本文学大系 54（東京：薩摩書房，2010.1）。

川西政明《昭和文学史　上卷》（東京：講談社，2002.8）。

河原功《台湾新文学運動の展開－日本文学との接点－》（東京：研文出
　　版，1997.11）。

河原功《翻弄された台湾文学－検閲と抵抗の系譜》（東京：研文出版，
　　　2009.6）。

貴司山治研究会編《貴司山治研究　〈「貴司山治全日記DVD版」別冊〉》
　　　（東京：不二出版，2011.1）。

高見順《昭和文學盛衰史》（東京：文藝春秋，1987.8）。

藏原惟人《歴史のなかの弁証法》（東京：新日本，1984.5）。

栗原幸夫《プロレタリア文学とその時代》（東京：平凡社，1978.1）。

研究社辞書部《世界文学辞典》（東京：研究社，1957.5）。

佐藤卓巳《『キング』の時代──国民大衆雑誌の公共性》（東京：岩波
　　　書店，2005.9）。

佐野学《プロレタリア日本歴史》（東京：白陽社，1933.10）。

思想の科学研究会編《共同研究・集団》（東京：平凡社，1967.6.20）。

時代別日本文学史事典編集委員会《時代別日本文学史事典　現代編》
　　　（東京：東京堂，1997.5）。

下村作次郎、中島利郎、藤井省三、黄英哲編《よみがえる台湾文学　日
　　　本統治期の作家と作品》（東京：東方書店，1995.10）。

新潮社辞典編集部編《新潮日本文學辞典》（東京：新潮社，1996.9）。

新日本出版社編集部編《日本プロレタリア文学評論集》全7巻（東京：
　　　新日本，1990.7）。

世界文芸辞典編集部編《世界文芸辞典　西洋篇》（東京：東京堂，1950.3）。

台湾総督府警務局編《台湾総督府警察沿革誌 第二編領台以後の治安状
　　　況中巻（台湾社会運動史）》第一冊（台北：南天復刊，1995.6）。

トルストイ著 河野与一訳《芸術とはなにか》（東京：岩波書店，1958.2）。

中川成美〈芸術大衆化論争の行方（上）〉《昭和文学研究》（1982.6）。

中島利郎《日本統治期台湾文学研究序説》（東京：緑蔭書房，2004.3）。

中島利郎、河原功、下村作次郎、黄英哲編《日本統治期台湾文学研究
　　　文献目録》（東京：緑蔭書房，2000.3）。

中島利郎、河原功、下村作次郎編《日本統治期台湾文学文芸評論集》
　　　全5巻（東京：緑蔭書房，2001.4）。

野間宏編《日本プロレタリア文学大系》全9巻（東京：三一書房，1969.7）。

長谷川泉《近代日本文学思潮史》（東京：至文堂，1974.4）。

長谷川啟編《「転向」の明暗─「昭和十年前後」の文学》（文学史を読みかえる）③（東京：インパクト出版会，2000.8）。

平野謙、小田切秀雄（代表）、山本健吉《現代日本文学論争史　中巻》（東京：未来社，2006.9）。

平野謙（代表）、小田切秀雄、山本健吉《現代日本文学論争史　下巻》（東京：未来社，2006.9）。

林淑美《中野重治　連続する転向》（東京：八木書店，1993.1）。

平林初之輔、藏原惟人、青野季吉、中野重治《平林初之輔藏原惟人青野季吉中野重治集》「現代日本文学全集」55（東京：薩摩書房，1973.4）。

三好行雄ら編《日本現代文学大事典　人名・事項篇》（東京：明治書院，1994.6）。

山田清三郎《日本プロレタリア文芸運動史》（東京：叢文閣，1930.2）。

山田清三郎《日本プロレタリア文芸理論の発展》（東京：叢文閣，1931.1）。

3.論文

雨宮処凜〈なぜいまプロレタリア文学か〉《国文学─解釈と教材の研究─》54巻1号（東京：学燈社，2009.1）。

伊藤純、池田啟悟、鳥木圭太、村田裕和、安岡健一、和田崇〈翻刻　貴司山治「新段階における根本方針と分散的形態への方向転換」（一九三四年・未発表原稿）〉（特集　プロレタリア文学）《立命館文學》614号（京都：立命館大学人文学会，2009.12）。

海野福寿〈一九三〇年代の文芸統制──松本学と文芸懇話会──〉《駿台史學》52巻（神奈川：明治大學，1981.3）。

大串隆吉〈徳永直にみる働く青年の思想形成〉《人文学報　教育学》20号（東京：東京都立大学人文学部，1985.3）。

新井俊一〈プロレタリア芸術運動理論の動向：「芸術大眾化論争」・「芸術的価値論争」および藏原惟人の理論構造をめぐって〉《日本文學誌要》4（東京：法政大学，1959.11）。

浦西和彦〈《文学新聞》について〉《ブックエンド通信》2号、1979.4。

浦西和彦編〈プロレタリア文学年表〉《プロレタリア文学資料集・年表》「日本プロレタリア文学集」別巻（東京：新日本，1988.12）。

宇都宮健児〈現代のプレカリアートは何を語るか〉《国文学解釈と鑑賞》75巻4号（東京：至文堂，2010.4）。

河原功〈楊逵──その文学的活動〉台湾近現代史研究編《台湾近現代史研究全2巻》創刊号~6号（東京：緑蔭書房，1993.9）。

河原功〈12年間封印されてきた「新聞配達夫」─台湾総督府の妨害に敢然と立ち向かつた楊逵─〉《楊逵文學國際學術研討會論文集》（台中：靜宜大學，2004.6）。

栗原幸夫〈運動としてのプロレタリア文学〉《国文学解釈と鑑賞》第75巻4号（東京：至文堂，2010.4）。

黒田俊太郎〈戦時日本浪漫派論述的側面─中河與一的「永遠思想」、變相的「現實」（戦時下日本浪漫派言説の横顔─中河与一の〈永遠思想〉、変相される〈リアリズム〉)〉《三田國文》50（東京：慶應義塾大学国文学研究室，2009.12）。

小林茂夫〈解説〉《細田民樹、貴司山治集》「日本プロレタリア文学集」30（東京：新日本，1987.7）。

近藤龍哉〈胡風と矢崎弾─日中戦争前夜における雑誌『星座』の試みを中心に─〉《東洋文化研究所紀要》第151冊（東京：東京大学東洋文化研究所，2007.3）。

佐藤靜夫〈解説〉《「戦旗」「ナップ」作家集（一）》「日本プロレタリア文学集」14（東京：新日本，1984.5）。

徐東周〈中野重治の初期プロレタリア小説について─林房雄に対する対抗意識を通して─〉《文学研究論集》21（茨城：筑波大学比較・理論文学会，2003.03）。

真銅正宏〈昭和十年前後の「偶然」論：中河与一「偶然文学論」を中心に〉《同志社国文学》43（京都：同志社大学国文学会，1996.1）。

曽根博義〈戦前・戦中の文学─昭和8年から敗戦まで〉《昭和文学全集　別巻》（東京：小学館，1990.8）。

台湾近現代史研究編《台湾近現代史研究全2巻》創刊号~6号（東京：緑蔭書房，1993.9）。

垂水千恵〈台湾新文学における日本プロレタリア文学理論の受容―芸術大衆化から社会主義リアリズムへ―〉《横浜国立大学留学生センター紀要》12号（横浜：横浜国立大学留学生センター，2005.3）。

垂水千恵〈中西伊之助と楊逵――日本人作家が植民地台湾で見たもの〉《国際日本学入門―トランスナショナルへの12章》（横浜：横浜国立大学留学生センター，2009.3）。

垂水千恵〈台湾人プロレタリア作家楊逵の抱える矛盾と葛藤について〉大島圭一郎編集《国文学　日本語・日本文学・日本文化――解釈と教材の研究》54巻1号（東京：学燈社，2009.10）。

張季琳〈楊逵と沼川定雄――台湾人プロレタリア作家と台湾公学校日本人教師――〉《東京大学中国語中国文学研究室紀要》3号（東京：東京大学中国語中国文学研究室，2000.4）。

陳明姿〈楊逵の文学作品における日本文学の受容と変容――「新聞配達夫」を中心として――〉《台大日本語文研究》14期（台北：台灣大學日本語文學系，2007.12）。

津田孝〈解説〉《徳永直集（一）》「日本プロレタリア文学集」24（東京：新日本，1987.1）。

津田孝〈解説〉《徳永直集（二）》「日本プロレタリア文学集」25（東京：新日本，1987.3）。

鳥木圭太〈社会主義リアリズムの行方：窪川鶴次郎の昭和10年前後〉（特集　プロレタリア文学）《立命館文學》614号（京都：立命館大学人文学会，2009.12）。

中込重明〈（講談本の研究について）〉《参考書誌研究》53号（東京：国立国会図書館，2000.10）

西沢舜一〈解説〉《宮本百合子集》「日本プロレタリア文学集」28（東京：新日本，1988.3）。

橋本英吉〈ただ一人の労働者作家徳永直〉《前田広一太郎、伊藤永之介、徳永直、壺井栄集》「現代日本文学大系」59（東京：薩摩書房，2010.1）。

堀田郷弘〈アンドレ・マルロと日本行動主義文学運動〉《城西人文研究》4巻（埼玉：城西大学経済学会，1977.3）。頁106-124。

本多秋五〈「文化集団」の回想〉《日本文學誌要》36 号（東京：法政大学，1987.3）。

前田愛〈昭和初頭の読者意識──芸術大衆化論の周辺〉《比較文化》16（東京：東京女子大学比較文化研究所，1970.3）。

森洋介〈ジャーナリズム論の 1930 年代－杉山平助をインデックスとして〉（東京：日本大学国文学会総会・研究発表，2002.7）。

森洋介〈1930 年代匿名批評の接線──杉山平助とジャーナリズムをめぐる試論──〉《語文》117 輯（東京：日本大學國文學會，2003.12）。

和田崇〈『蟹工船』の読めない労働者──貴司山治と徳永直の芸術大衆化論の位相──〉（特集 プロレタリア文学）《立命館文學》614 号（京都：立命館大学人文学会，2009.12）。

渡辺洋〈フランスと日本における行動主義文学〉《歴史と文化》1981 年（東京：岩手大学人文社会科学部，1981.2）。

4.學位論文

張季琳《台湾プロレタリア文学の誕生~楊逵「大日本帝國」~》（東京：日本東京大學大學院人文社會系研究科博士論文，2001.7）。

5.網路資料庫

青空文庫（http://www.aozora.gr.jp/）

大辞泉・大辞林（http://dic.yahoo.co.jp/）

貴司山治資料館（http://www1.parkcity.ne.jp/k-ito/）

戸坂潤文庫（http://www.geocities.jp/pfeiles/）

マルクス主義入門（http://www.mcg-j.org/mcgtext/index.htm）

ロシア文学（http://www.geocities.co.jp/Bookend-Ango/7795/index.html）

淡中剛郎「日本文學論爭史」（http://www.mcg-j.org/mcgtext/bunron/bunron2.htm）

鄭栄桓〈プロレタリア国際主義の屈折─朝鮮人共産主義者金斗鎔の半生─〉2002 年度一橋大学社会学部学士論文（加藤哲郎ゼミ副ゼミナール）（http://members.jcom.home.ne.jp/katoa/03chun.html）。

二、中文（依筆畫順序）

1.雜誌

《台灣新文學雜誌叢刊》復刻本（台北：東方文化，1981）。

第 1 卷：《南音》。

第 2 卷：《第一線、先發部隊、人人、福爾摩沙》

第 3 卷：《台灣文藝》（1934.12~1935~4）

第 4 卷：《台灣文藝》（1935.5~1935.10）

第 5 卷：《台灣文藝》（1936.1~1936.8）

第 6 卷：《台灣新文學》（1936.1~1936.10）

第 7 卷：《台灣新文學》（1936.11~1937.6）

2.著書

Lev Tolstoy 著，耿濟之譯 《藝術論》（台北：遠流，1989.9）。

3 劃

下村作次郎著，邱振瑞譯《從文學讀台灣》（台北：前衛，1998.3）。

4 劃

王乃信等譯《台灣社會運動史（1913－1936）——文化運動》台灣總督
　　府警察沿革誌第二篇領台以後的治安狀況（中卷）（台北：創造，
　　1989.6）。

中島利郎編《一九三０年代台灣鄉土文學論戰資料彙編》（高雄：春暉，
　　2003.3）。

文振庭編《文藝大眾化問題討論資料》（上海：上海文藝，1987.9）。

王詩琅譯《台灣社會運動史—文化運動》台灣總督府警察沿革誌第二編
　　（中卷）（台北：稻鄉，1995.11）。

5 劃

加藤周一著，葉渭渠、唐月梅譯《日本文學史序說》（北京：開明，1995.9）。

6 劃

伊格頓著，文寶譯《馬克思主義與文學批評》（南方出版社，1987.9）。

艾曉明《中國左翼文學思潮探源》（北京：北京大學，2007.1）。

7 劃

呂元明編《日本文學詞典》（上海：上海辭書，1994.11）。

吳素芬《楊逵及其小說作品研究》（台南：台南縣政府，2005.12）。

李輝凡、張捷《20 世紀俄羅斯文學史》（青島：青島，1999.1）。

8 劃

河原功著，莫素微譯《台灣新文學運動的展開：與日本文學的接點》（台
　　北：全華科技，2004.3）。

季羨林編《東方文學史　中》（長春：吉林教育，2007.3）。

林瑞明《台灣文學的歷史考察》（台北：允晨文化，1996.7）。

9 劃

柳書琴《荊棘之道：旅日青年的文學活動與文化抗爭》（台北：聯經，
　　2009.5）。

美國大英百科全書公司編譯《簡明大英百科全書中文版》15 版（台北：
　　台灣中華書局，1988）

10 劃

格羅塞著，蔡慕暉譯《藝術的起源》（北京：商務印書館，1996.7）。

11 劃

陳芳明《殖民地台灣：左翼政治運動史論》（台北：麥田，1998）。

陳芳明《左翼台灣：殖民地文學運動史論》（台北：麥田，1998）。

陳芳明《殖民地摩登：現代性與台灣史觀》（台北：麥田，2004.6）。

陳映真編《學習楊逵精神》（台北：人間，2007.6）。

陳淑容《一九三〇年代台灣鄉土文學／台灣話文論爭及其餘波》（台南：
　　台南市立圖書館，2004.12）。

陳順馨《社會主義現實主義理論在中國的接受與轉化》（合肥：安徽教
　　育，2001.4）。

梁明雄《日據時期台灣新文學運動研究》（台北：文史哲，1996.2）。

郭國昌《二十世紀中國文學的大眾化之爭》（南昌：百花洲文藝，2006.12）。

12 劃

黃英哲編《日治時期台灣文藝評論集（雜誌篇）第 1 冊（1921.09.15-1936.
　　04.20）》（國家台灣文學館籌備處，高雄：春暉，2006.10）。

黃英哲編《日治時期台灣文藝評論集（雜誌篇）第 2 冊（1936.05.01-1940.
　　04.01）》（國家台灣文學館籌備處，高雄：春暉，2006.10）。

黃惠禎《楊逵及其作品研究》（台北：麥田，1994）。

黃惠禎《左翼批判精神的鍛接：四〇年代楊逵文學與思想的歷史研究》
　　（台北：秀威資訊科技，2009）。

彭小妍編《楊逵全集》（台南：文化保存籌備處，2001）。

13 劃

葉石濤《台灣文學史綱》（高雄：春暉，2007.10）。

葉水夫編《蘇聯文學史 第一卷》（北京：中國社會科學，1994.10）。

葉渭渠、唐月梅《日本現代文學思潮史》（北京：中國華僑，1991.6）。

葉渭渠、唐月梅《20 世紀日本文學史》（青島：青島，1999.1）。

葉渭渠《日本文學思潮史》（台北：五南，2003 年 3 月）。

靳明全《中國現代文學興起發展中的日本影響因素》（北京：中國社會
　　科學，2004.9）。

14 劃

趙遐秋、呂正惠編《台灣新文學思潮史綱》（台北：人間，2002.6）。

趙勳達《《台灣新文學》（1935~1937）定位及其抵殖民精神研究》（台
　　南：台南市立圖書館，2006.12）。

15 劃

魯迅先生紀念委員會編《魯迅全集》第 17 卷（上海：魯迅全集出版社，
　　1938.8）。

劉柏青編《日本無產階級文藝簡史，1921~1934》（長春：時代文藝，
　　1985）。

劉慶福編《馬克思主義文藝理論發展簡史》（北京：北京師範大學，
　　1995.9）。

鄧慧恩《日治時期外來思潮的譯介研究：以賴和、楊逵、張我軍為中心》
（台南：台南市立圖書館，2009.12）。

16 劃

橫路啟子《文學的流離與回歸──三０年代鄉土文學論戰》（台北：聯
合文學，2009.10）。

3.單篇論文

3 劃

小谷一郎〈論東京左聯重建後旅日中國留學生的文藝活動〉《中國現代
文學研究叢刊》2006 第二期

4 劃

王志松〈"藏原理論"與中國左翼文壇〉《中國現代文學研究叢刊》2007
年第 3 期（北京：中國現代文學館，2007）。

王惠珍〈揚帆啟航──殖民地作家龍瑛宗的帝都之旅〉台灣文學研究學
報編輯委員會《台灣文學研究學報》第 2 期（台南：國家台灣文學
館籌備處，2006.4）。

8 劃

松永正義著、葉笛譯〈關於鄉土文學論爭（1930~32 年）〉台灣學術研究
會編輯出版委員會《台灣學術研究會誌》第 4 期（東京：台灣學術
研究會，1989.12）。

林淇瀁（向陽）〈一個自主的人：論楊逵的社會實踐與文學書寫〉中華民
國史專題第 6 屆討論會秘書處編《20 世紀台灣歷史與人物：第 6 屆
中華民國史專題論文集》（台北：國史館，2002）。

林淇瀁（向陽）〈擊向左外野：論日治時期楊逵的報導文學理論與實踐〉
《楊逵文學國際學術研討會論文集》（台中：靜宜大學，2004.6）。

9 劃

垂水千惠著，張文薰譯〈「糞 realism」論爭之背景──與「人民文庫」
批判之關係為中心〉鄭炯明編《越浪前行的一代：葉石濤及其同時
代作家文學國際學術研討會論文集》（高雄：春暉，2002.2）。

垂水千惠著，劉怡君譯，陳瑋芬修正〈評張季琳著《台灣普羅文學的誕生—楊逵與「大日本帝國」》〉《中國文哲研究通訊》第 12 卷 2 期（台北：中央研究院中國文哲研究所，2002.6）。

垂水千惠著，楊智景譯〈台灣新文學中的日本普羅文學理論受容：從藝術大眾化到社會主義 realism〉《正典的生成：台灣文學國際研討會論文集》（台北：中央研究院中國文哲研究所，2004.7）。

垂水千惠著，楊智景譯〈楊逵所受之左翼思想及其主體性——自社會主義 realism 至普羅大眾文學的回溯〉《第四屆台灣文化國際學術研討會論文集：台灣思想與台灣主體性》（台北：台灣師大台灣文化及語言文學所，2005.10）

垂水千惠著，王俊文譯〈為了台灣普羅大眾文學的確立——楊逵的一個嘗試〉柳書琴、邱貴芬編《後殖民的東亞在地化思考：台灣文學場域》（台南：國家台灣文學館籌備處，2006）。

柳書琴〈台灣文學的邊緣戰鬥：跨域左翼文學運動中的旅日作家〉《台灣文學研究集刊》第 3 期（台北：台大台文所，2007.5）。

施淑〈文協分裂與三〇年代初期台灣文藝思想的分化〉《兩岸文學論集》（台北：新地，1997.6）。

施淑〈書齋、城市與鄉村——日據時代的左翼文學運動及小說中的左翼知識分子〉《兩岸文學論集》（台北：新地，1997.6）。

施淑〈台灣話文論戰與中華文化意識——郭秋生、黃石輝論述〉《八·一五：記憶和歷史》（台北：人間，2005.9）。

10 劃

徐秀慧〈無產階級文學的理論旅行（1925-1937）——以日本、中國大陸與台灣「文藝大眾化」的論述為例〉澳門大學、澳門基金會、與中國社科院主辦「近代公共媒體與澳港台文學經驗」國際學術研討會（澳門：澳門大學，2010.4.26-29）。

11 劃

崔末順〈日據時期台灣左翼文學運動的形成與發展〉《台灣文學學報》第 7 期（台北：政治大學台文系，2005.12）。

陳芳明〈先人之血，土地之花——日據時期台灣左翼文學的背景〉台灣
　　文學研究會編《先人之血・土地之花》（台北：前衛，1989）。

陳芳明〈楊逵在歷史上的兩次出走——從農民運動分裂到文學運動分裂〉
　　《楊逵文學國際學術研討會論文集》（台中：靜宜大學，2004.6）。

陳芳明〈台灣文壇向左轉：楊逵與三〇年代的文學批評〉《台灣文學學
　　報》7（台北：政大台文系，2005.12）。

陳建忠〈差異的文學現代性經驗——日治時期台灣小說史論
　　（1895-1945）〉《台灣小說史論》（台北：麥田，2007.3）。

陳培豐〈大眾的爭奪——「送報伕」・「國王」・「水滸傳」〉《楊逵
　　文學國際學術研討會論文集》（台中：靜宜大學，2004.6）。

張文薰〈1930 年代台灣文藝界發言權的爭奪——《福爾摩沙》再定位〉
　　《台灣文學研究集刊》創刊號（台灣大學台文所，2006.2）。

張季琳〈楊逵和入田春彥——台灣作家和總督府日本警察〉《中國文哲
　　研究集刊》第 22 期（中央研究院中國文哲研究所，2003.3）。

張劍〈論楊逵小說的現實主義及其藝術特徵〉《世界華文文學論壇》2008
　　卷 4 期（中央研究院中國文哲研究所，2008.12）。

14 劃

趙勳達〈大東亞戰爭陰影下的「糞寫實主義」論爭——以西川滿與楊逵
　　為中心〉《楊逵文學國際學術研討會論文集》（台中：靜宜大學，
　　2004.6）。

15 劃

樊洛平〈寫實的、大眾的、草根的文學追求——也談楊逵對文學理論建
　　設的自覺意識〉《語文知識》第 2 期（鄭州：鄭州大學文學院，2010.3）。

16 劃

賴松輝〈論台灣 1930 年代初期的普羅文藝理論〉《台灣文學評論》10 卷
　　2 期（台南：台南市立圖書館，2010.4）。

18 劃

魏貽君〈日治時期楊逵的文學批評理論初探〉《楊逵文學國際學術研討
　　會論文集》（台中：靜宜大學，2004.6）。

4.學位論文

7 劃

李昀陽《文學行動、左翼台灣—戰後初期（1945-1949）楊逵文學論述及
　　其思想研究》（台中：靜宜大學中文所碩士論文，2005）。
李貞蓉《劉捷及其作品研究》（桃園：中央大學中文所碩士論文，2007.6）。

10 劃

徐俊益《楊逵普羅小說研究—以日據時期為範疇（1927-1945）》（台中：
　　靜宜大學中文所碩士論文，2005.7）。

11 劃

陳有財《日治時期台灣文學左翼系譜之考察》（嘉義：中正大學台文所碩
　　士論文，2008.7）。
許倍榕《30 年代啟蒙「左翼」論述——以劉捷為觀察對象》（台南：成功
　　大學台文所碩士論文，2006）。
郭勝宗《楊逵小說作品研究》（彰化：彰化師範大學國文系碩士論文，
　　2009）。

12 劃

游勝冠《殖民進步主義與日據時代台灣文學的文化抗爭》（新竹：清華大
　　學中文系博士論文，2000.6）。
黃琪椿《日治時期台灣新文學運動與社會主義思潮之關係初探（1927
　　~1937）》（新竹：清華大學文學所碩士論文，1994）。資料來源：台
　　灣文學工作室（http://ws.twl.ncku.edu.tw/）2010.5.26 查詢
黃惠禎《楊逵及其作品研究》（台北：政治大學中文系碩士論文，1992）。
黃惠禎《左翼批判精神的鍛接：四〇年代楊逵文學與思想的歷史研究》（台
　　北：政治大學中文系博士論文，2005.7）。
黃艷《關於三十年代文藝大眾化運動幾個問題的探討》（中國社會科學研
　　究院文學系碩士論文，2003.6）。

14 劃

趙勳達《文藝大眾化的三線糾葛：一九三〇年代左、右翼知識份子與新
傳統主義者的文化思維及其角力》（台南：成功大學台文所博士論
文，2009.6）。

15 劃

蔡佳漵《1930 年代台灣與中國大陸「文藝大眾化」論述探討》（彰化：彰
化師範大學台文所碩士論文，2009.1）。

16 劃

賴松輝《日據時期台灣小說思想與書寫模式之研究（1920-1937）》（台南：
成功大學中文系博士論文，2002.7）。

5.網路資料庫

教育部重編國語辭典修訂本（http://dict.revised.moe.edu.tw/）
大英百科全書繁體中文版（http://140.128.103.17:2062/）
中國大百科全書（http://140.128.103.17:2067/web/）
中國期刊全文數據庫（http://www.csis.com.tw/training_cnki.asp）
中國百科網（http://www.chinabaike.com/）

▌出版後記

白春燕

　　我的碩士論文有幸付梓，是得到很多貴人的啟發及幫助才得以誕生的。淡江大學日文系畢業後，工作、結婚、生子一連串人生大事緊湊而來，悠悠過了十幾年。某日兒時玩伴中央大學中文系呂文翠老師來訪，建議我攻讀文學相關碩士。她的提議讓我心動，但自忖不具備文學科系背景，因此選擇就近報考東海日本文學研究所，並且順利考上了。但年幼兒子的照顧問題一直無法解決，只好辦理休學，也漸漸打消復學的念頭。休學即將屆滿兩年時，在偶然的機會下，父親提醒我應該回去讀書才對。我如夢大醒，排除萬難地復學了。

　　研究所期間，雖然兼顧育兒和工作下的學習相當混亂，但也終於修完學分。在與彰師大國文系徐秀慧老師討論研究方向之後，決定走向不熟悉的普羅文學研究領域。徐老師不僅指導論文，還關心我的生活狀況，給我面對困境的勇氣，讓我得以一路堅持下來。我在東海日文系的指導教授黃淑燕老師，也對我的論文提供了各種積極建言。在兩位老師的共同指導下，我順利完成畢業論文。在最後的碩論口試當天，我到台中高鐵站迎接擔任口試委員的清華大學台文所柳書琴老師。在短暫的車程裡，她鼓勵我進

修博士，為自己圓一個夢。就這樣，我考進清華台文所博士班，在眾多老師的滋養下日益成長。後來也在柳老師的提議下，我開始認真思考碩論出版事宜，向秀威出版社詢問，沒想到很快得到應允。在出書過程中，因有出版部責任編輯廖妘甄小姐及盧羿珊小姐提供細心協助，讓這本書得以順利出版。

　　若沒有這麼多貴人的幫助，這本書便無法出現在大家眼前。我要謝謝您們，讓我得以擁有這個珍貴的紀念品。在一連串偶然機遇下誕生的這本書，還有很多尚待改進之處，但我願以此記錄生命旅程中的轉捩點及文學研究的起點。最後，將這本在我生命裡具特別意義的書，獻給賦予我生命的白啟信先生及莊幼菊女士！

2015 年 4 月 20 日於彰化市

秀威經典　　　　　　新視野 05　語言文學類　PG1266

普羅文學理論轉換期的驍將楊逵
——1930 年代台日普羅文學思潮越境交流

作　　者 / 白春燕
責任編輯 / 盧羿珊
圖文排版 / 楊家齊
封面設計 / 楊廣榕

出版策劃 / 秀威經典
發 行 人 / 宋政坤
法律顧問 / 毛國樑　律師
印製發行 / 秀威資訊科技股份有限公司
　　　　　　114 台北市內湖區瑞光路 76 巷 65 號 1 樓
　　　　　　電話：+886-2-2796-3638　傳真：+886-2-2796-1377
　　　　　　http://www.showwe.com.tw
劃撥帳號 / 19563868　戶名：秀威資訊科技股份有限公司
　　　　　　讀者服務信箱：service@showwe.com.tw
展售門市 / 國家書店（松江門市）
　　　　　　104 台北市中山區松江路 209 號 1 樓
　　　　　　電話：+886-2-2518-0207　傳真：+886-2-2518-0778
網路訂購 / 秀威網路書店：http://www.bodbooks.com.tw
　　　　　　國家網路書店：http://www.govbooks.com.tw

2015 年 9 月　BOD 一版
定價：250 元
版權所有　翻印必究
本書如有缺頁、破損或裝訂錯誤，請寄回更換

國家圖書館出版品預行編目

普羅文學理論轉換期的驍將楊逵：1930年代台日普
羅文學思潮越境交流 / 白春燕著. -- 一版. -- 臺
北市：秀威經典, 2015.09
　面；　公分
BOD 版
ISBN 978-986-91819-8-3(平裝)

　1. 楊逵　2. 臺灣文學　3. 學術思想　4. 文學評
論

863.4　　　　　　　　　　　　　104012653

讀者回函卡

感謝您購買本書，為提升服務品質，請填妥以下資料，將讀者回函卡直接寄回或傳真本公司，收到您的寶貴意見後，我們會收藏記錄及檢討，謝謝！
如您需要了解本公司最新出版書目、購書優惠或企劃活動，歡迎您上網查詢或下載相關資料：http:// www.showwe.com.tw

您購買的書名：_____

出生日期：_____年_____月_____日

學歷：□高中 (含) 以下　　□大專　　□研究所 (含) 以上

職業：□製造業　□金融業　□資訊業　□軍警　□傳播業　□自由業
　　　□服務業　□公務員　□教職　□學生　□家管　□其它_____

購書地點：□網路書店　□實體書店　□書展　□郵購　□贈閱　□其他

您從何得知本書的消息？

　□網路書店　□實體書店　□網路搜尋　□電子報　□書訊　□雜誌
　□傳播媒體　□親友推薦　□網站推薦　□部落格　□其他_____

您對本書的評價：(請填代號　1.非常滿意　2.滿意　3.尚可　4.再改進)

　封面設計____　版面編排____　內容____　文／譯筆____　價格____

讀完書後您覺得：

　□很有收穫　□有收穫　□收穫不多　□沒收穫

對我們的建議：_____

_____

_____

_____

11466
台北市內湖區瑞光路 76 巷 65 號 1 樓

秀威資訊科技股份有限公司　　　收

BOD 數位出版事業部

．．

（請沿線對折寄回，謝謝！）

姓　　名：＿＿＿＿＿＿＿＿＿　　年齡：＿＿＿＿　　性別：□女　□男

郵遞區號：□□□□□

地　　址：＿＿＿＿＿＿＿＿＿＿＿＿＿＿＿＿＿＿＿＿＿＿＿＿＿

聯絡電話：(日) ＿＿＿＿＿＿＿＿＿＿　　(夜) ＿＿＿＿＿＿＿＿＿＿

E-mail：＿＿＿＿＿＿＿＿＿＿＿＿＿＿＿＿＿＿＿＿＿＿＿＿＿